文學博士踹共大學的生命體驗

謝明輝 著

楔子

實現理想

這是一個在高雄中山大學的學子實現理想的真實故事……

眾所周知，理想通常隨著失敗而幻滅，而我在一連串的失敗中，記取教訓，大學時期的理想終能實現。目前已累積六年多的大學教學經驗，未來當持續以大學教師為主業，而以作家為副業，這早在我念大學時期早就立定的人生志向，如今已證明我的成功。

本書出版的主要目的並非告訴你如何成為文學博士，而是不論你從事哪行業，或是懷有何種人生理想，在念大學時，應該要抱持怎樣的生命精神和態度，不致浪費寶貴的光陰。大體而言，人生中的大學求知階段即是決定未來職業的重要時期。這個時期不像高中以下之求學階段那樣制式，生活在升學主義的高壓下。取而代之的是，自由而開放的學風，故而好好安排大學生活乃成為了一項重要的人生課題。

本書所言揭示出「以身作則」的觀念，我以親身的實際經驗出發，不引用其他知名人士的生命歷程佐證，因為我自己也開創出實踐理想的某種成功典範，若是追隨其他成功者的腳步，那麼從古至今成功的典範就只有一種而已。人類的潛能無限，若能在大學時期適當激發，你的理想將在不久的將來實現，請相信自己。

從人生長遠發展的角度來看，可簡化為求學和工作兩項主要內容，兩者追求的目的相同，人生前階段的求學要拚成績，後半段的工作要拚業績，較好的人生成就在於優良的成績和業績，若不能並重，則業績勝於成績，例如李遠哲是成績和業績並重，而王永慶則是業績勝於成績。而智慧型罪犯乃屬成績勝於業績，雖然人生前半段苦心經營學業成績，但後半段卻迷失方向，業績無力，這是開人生的倒車，不足效法。

大學的理想生活態度為何？不能僅是讀書，不能僅是玩樂，不能僅是愛情，不能僅是孤僻，不能僅是打工，不能僅是上網……。文學博士將提供給你們一種誠懇的生命內容，以日記體寫成，分成近三十種主題精神，每個主題下各設一「文學博士導讀」的說明文字，表達一位文學博士對過去大學生活的回味，每則日記可能摻雜不同的生活，讀者應依需求加以體會。

大學期程有四年，我是從大三升大四的暑假開始撰寫，所以大一至大三中的社團生活或一些難忘的記憶付之闕如，實在可惜！儘管如此，本書的內容實已體現出一種積極用心的求學精神，若我的大學生活安排能提供各位讀者一種新的思想啓發或是生命再造，或是強化向上提昇的正面力量，那也算我對這個社會國家還有一點點的貢獻吧！

以老師為志

■ 文學博士導讀：

我在大學時期根本無法預知所立的志向是否能夠實現，但立志一定要先思考，然後持之以恆去完成它，當時的志向是當老師、作家、教授，如今看來，我已如願以償。在現今幾乎人人可上大學的福利下，絕對不能任由自己玩樂四年，否則未來將一事無成，入寶山而空手回。唯有先立定志向，才不致浪費時間。以下是我在大學時生活中所預想的未來人生志向。

■某年9月28日／星期四／天氣好／以老師為志

教師節是個特別的節日，對我而言，它是如此熟悉卻又陌生。我以戒慎恐懼之心恭迎它的到來，今天我為自己慶祝，他日，定由學生為我慶祝。未來我真能成為老師嗎？

■3月14日／星期四／天氣sunny／以老師為志

在報紙上，我讀到一首名叫〈落葉〉的新詩。本不知其所云，思考後漸漸明白其涵義。表面上寫落葉歸地的情境，其實是寫自己羈旅時的苦悶。他以比喻手法揣測落葉的思想感情，冬天已過，春天自在不遠處矣。雖然我創作的新詩頗無可觀之處，但我卻懂得欣賞別人的詩，我相信只要多讀，多看，多寫，一定在不久的未來有驚人之作出現。

到底我是否真有才氣？才氣是否靠後天培養的呢？我想努力是可創造才氣的，所以我想和鄭愁予一樣，既當教授又當作家，這種成就感才是我想要的。這只是我小小心願而已，反觀目前的我，似乎是遙不可及，唉！先考上研究所再說吧！

■ 11月12日／星期日／天氣／作家夢想

「一語天然萬古新，豪華落盡見真淳。」這是金人元好問〈論詩三十首〉中對陶淵明詩的賞評。由陶詩之內容確能看出他的任真自然。如果我能及他一半就好了，我也想當個小作家，不求出名，只求感動別人，引發讀者共鳴。寫作本不以營利為目的，如果有人能欣賞我日後的作品，而且更多讀者肯閱讀我的作品，我就心滿意足了。

■ 2月25日／星期日／天氣cold／以老師教授為志

平等是建立在尊重的基礎上。父待子慈而子待父孝，此種雙向對待方式才是平等之精義。父與子是平等的，若父親以強者自居，恐怕平等關係就很難建立起來。有時從父母吵架的語言行為，可提供我日後教導孩子或對待妻子的一些啓示。夫妻應該互相包容、體諒及信任。

如何拯救社會，應先淨化人心，而淨化人心則從教育著手，所以我的終身理想是老師教授。

圖書館研讀

■文學博士導讀：

大學生活中，絕不可忽視圖書館的各項學習資源，準備各項考試或搜尋資料寫報告，你一定要來圖書館修煉，充實自己。

■9月29日／星期五／天氣熱／圖書館研讀

一進圖書館就遇到小昇和小君，滿懷喜悅之心引領他們到我閉關研讀的角落之處。小君借我的讀書資料去影印，這些資料是從研究所學長阿立借來的。阿立很熱心想助我考上研究所，而他唯一能做的則是提供相關資訊給我，我很感謝他的祝福。

我真後悔讓小昇知道我研讀的位置，下午他就跑來吵我，本來好心卻換來操心。只希望他不要來打擾我，因為我已比人晚起步，現在更要加倍努力才能彌補。於是我定了按部就班且循序漸進的計畫，我深信我必能成功的，最近解讀許多古文篇章，能力漸佳。

晚上與小遠和小林去昌民公司。聽了他們的上線王大哥的一席話後，仍然無法令我動心而加入他們公司。其實他們的話都頗有深義，王大哥說：「唯一不改變的是改變，唯一確定的是不確定。」

■10月1日／星期日／天氣陰雨霏霏／圖書館研讀

早上終於把阿立學長借給我的考題閱讀完畢，看了英文試題後，並非想像的簡單，但是靠它勝過其他考生應是綽綽有餘吧！我也不能掉以輕心，諺云：「人有失足，馬有失蹄。」所以更要好好準備補強我的專業科目，以免屆時大意失荊州。我常問自己：「我與研究所有緣嗎？」這個問題只好等到明年再解決吧！

■ 10月3日／星期二／天氣天清／圖書館研讀

又來這一套，在書桌前裝睡，拖拖拉拉十點才到圖書館。悔不當初，又何奈！往者不可諫，來者猶可追。明天千萬不能再如此喔！

仔細精讀訓詁學，瞭然於胸。清代陳澧《東塾讀書記》：「蓋時有古今，猶地有東西南北也。相隔遠則語言不通矣，地遠則有翻譯，時遠則有訓詁。有翻譯則能使別國如鄉鄰，有訓詁則能使古今若旦暮，訓詁之功大矣。」揭示學問知識應從大時大空著手，透過訓詁學之運用，則別國如鄉鄰，古今若旦暮。亦即古今中外之學問一把抓，視野應寬廣。

林師教導我們讀書方法是，不要留心枝微末節而是掌握基礎觀念，這對我日後在研讀其他科目是有很大助益的。

■10月7日／星期六／天氣天清／圖書館研讀

今天過得還算充實，可以對得起列祖列宗，光宗耀祖一事正努力當中，這還得靠祖先們的庇祐，早日當教授。

早上十點才開始碰書，文字學已全部複習完畢，以「轉注」最難。關於轉注，歷代學者有各種不同的看法，有什麼「形轉派」、「形省派」、「部首派」……等等之類的派別，可謂衆說紛紜，而莫衷一是。

我仔細閱讀了聲韻學，收穫頗豐，觀念一目瞭然。不過仍有一些疑問等到下個禮拜再去請教林師。讀書是很簡單的，一有不懂，趕緊求解，不要越積越多，到時什麼都不會。有些人因為不懂，或一知半解也不肯請教老師，不會就讓它不會，最後就不了了之。像我，一有問題就問老師，絕對不要怕三分鐘臉紅，就怕一輩子無知。

■ 1月15日／星期一／天氣sunny／圖書館研讀

早上八點多起床，至圖書館念書，花了整個早上把古文字學徹頭徹尾讀了一遍。

天氣又悶又熱，身處書室中，煩躁之情油然而生。無意間，瞥見一女孩神似小梨，當其困於電動門內時，我及時展露矯捷的身手，不費吹灰之力推開那扇造成兩人隔閡及心防的鐵門。

不經意地，她有情地坐在我對面看報。不時地我的目光總游移至其溫潤光滑的可愛臉蛋，我想她已有男友了吧！不過，只要小梨未有，我就心滿意足了。

晚上學弟向我借樂府詩講義，我順便回答簡體字解析的問題。「樂府詩」是我旁聽的課，反倒是我比修課的學弟還認真。我的旁聽不僅為我帶來學問，更培養獨立自主、自動自發的讀書精神。

■ 2月13日／星期二／天氣天朗／圖書館研讀

今朝九時甦醒，通體舒暢且心情適然，未犯昔日之懶病也。

閒讀王充之《論衡》及其他思想。吾喜獲漢代哲學發展之一般觀念，雖明瞭於胸，然未知能否將腦中所記書於筆端乎？王師云：「以筆思考」此為一組織邏輯之最高境界。有時自以為融會貫通於所閱之書，然多苦於才力之不足而無以平敘所得。劉勰曾云：「凡操千曲而後曉聲，觀千劍而後識器。」誠哉斯言矣！

熟諳此理後，遂有書日記之念萌焉。日積月累之苦練而益以積學酌理之廣思，吾信來日必有下筆有神之效也。一日有一日之功，苟吾持之以恆，則吾願必達矣。

午後形疲力竭而漸入夢鄉於圖書館4F，待吾夢醒已四時矣。吾心既雜紛且所讀之書乏味，乃苟延殘喘至閉館。信步至復文，索性翻閱先秦及漢兩朝之著作以補國學知識之不足。

■2月29日／星期四／天氣cool／圖書館研讀

用餐後，逕至圖書館念書，孰料，體力不勝負荷，竟睡了二個小時。其間，在毫無壓力而自然輕鬆的狀態下，正大光明地釋放了體內相當五顆原子彈的能量，噗噗~是個大響屁。那時我已醒著，但為掩人耳目，而故作熟睡狀，待事過境遷後，才若無其事地醒來用功讀書。在我身後的那位早已逃逸無蹤，我也不便追究他的去向了。

晚上小昇來訪，他與小遠大談闊論，此時我正讀老莊哲學，但卻有看沒有懂。可能是被他們有趣的談話給吸引了，他們東一句西一句，針鋒相對，你來我往，對我而言，算是享受一段精彩的相聲。他們倆啊，真是天作之合哩！

■4月25日／星期四／天氣晴／圖書館研讀

上完課後，逕至圖書館K書，書不念，卻看起考古題來了，老實說，看還不如不看。這是哪門子的題目嘛，根本是在訓練考試機器，連這種鬼題目都在出，真是無聊！

專心上課

■文學博士導讀：

專注力是個人進入社會職場的能力指標之一，也是學習各項新事物的基本能力，所以求學階段最好別蹺課，來到課堂應該盡量專心聽講，享受不同課程的學習樂趣，即使睡著了也是一種能量的休養，但可別經常墮入夢鄉。

■10月9日／星期一／天氣sunny／專心上課

下午連上四堂孔老師的課，深入淺出，淺顯易懂。今天談「漢字的特質」、「為何學文字學」以及「古文字學的價值」等主題。其實我真以中國人為豪，尤其是中國特有的文字。瑞典漢學家高本漢說：「……除非外國人滅了中國人，否則中國人不會放棄漢文字的。」就連外國人都這樣稱善漢字，我們更應重視它才是。

漢字具有超時空穩定性且以形聲結構為主體而傳遞快速密集資訊的文字，其外觀是單音孤立性的方塊字。

■10月11日／星期三／天氣不變／專心上課

下午上「陶謝詩」，心情非常愉悅，雖然修課人數不多，但我吸收到滿多新知，新知，新知的獲得是令人興奮的。

上「英語口語訓練」時，老師要我們二人一組互相訪問，分成二階段進行，第一階段我問她，第二階段她問我，然後各自報告訪問結果。之後老師問我們喜歡何種顏色，以三種形容詞來描述它的特質，我費盡心思，想它，唸它，釋它，千萬遍。

■10月16日／星期一／天氣無量／專心上課

淵明曰：「……讀書不求甚解，每有會意，便欣然忘食。」如飛云：「求學必定求解，每有領悟，便欣然忘遊。」兩者妙語如珠，境界不同。不過「忘食」一語，似脫胎於孔子之「廢寢忘食」。故如飛奇語，宜勝一籌。

午後，孔師講授「文字學」和「古文字學」。在談及漢字寓有藝術性時，便舉二例對聯說明，或曰：「客上天然居，居然天上客。」又曰：「人過大佛寺，寺佛大過人。」此等駢句，非外來語所能企及也。

■10月17日／星期二／天氣好／專心上課

午後二時上「中國現代史」，鄭老師談及傳統與現代之差異，可從六個角度切入：一曰觀念：神權轉人權，命定論→進化論。二曰：社會：社會流動大→小，階級統治→法律之前人人平等。三曰政治：世襲→選舉，獨斷→程序。四曰國家功能：由小→大（教育、外交、社會福利）。五曰政府與個人關係：鬆懈→緊密。六曰經濟：惡性循環→起飛。

上述六點皆吾所未知，課中，雖小睡片刻，然重點把握，不愧學習之樂。

■10月24日／星期二／天氣sunny／專心上課

「樂府詩」課中，簡老師論及黃山谷「真是真非安在，人間北看成南」一詩，寓意深遠，禪味十足。

■10月26日／星期四／天氣晴／專心上課

早上上孔老師的「聲韻學」，今天談及治聲韻學的方法。課後，頗覺得收穫頗豐，得到很多知識。

他說命運是掌握在自己手上，你相信能，就一定能；如果你相信命運安排，一切真如命運安排。命是會越算越薄，少算為妙，掌握有把握的，珍惜現在擁有的，不要去幻想遙不可及的事物。孔老師的一番話正與我的想法不謀而合。

■11月8日／星期三／天氣天清／專心上課

「陶謝詩」課中竟被老師點名翻譯，我硬著頭皮以「得意忘象，得象忘言」的方式來解讀詩句，卻得到老師的評論：「頗得淵明之精髓，不求甚解！」語畢，引來同學哄堂大笑。

■12月7日／星期四／天氣cold／專心上課

每天為充實的一天而喜悅。

「中思課」談及《易傳》，我聽得津津有味。因為暑假早已研究過《易經》，今天聆聽後更加明瞭。老師講了很多，我也就吸收更多。《易傳》以符號說明世界客觀的規律，主要以二個相對的爻及其所顯的卦辭以解釋吉凶，從自然規則進而運用至人事變化，六爻代表社會結構。

判斷爻辭所顯示的意義須考慮到承、乘，當不當位，應不應位等問題。然而善為《易》者，不占。道德學問越高深者，則越不想占卜。通常占卜是在遇到抉擇兩難時，不得已才卜上一卦以慰其心。心靜者必能洞悉事理而能憑其智慧克服人生困境……。這三節課如沐春風，豁然開朗，有種心靈上滿足的喜悅！

上完「閩概課」（閩南語概論）後，獨自驅車前往阿甄家，與阿彥、阿芳和阿燕暢談紀念冊編輯之事。由於阿芳和阿燕有事先行離開，後來不知不覺中竟與阿彥和阿甄奮戰至深夜二時，談了很多趣事，直逗她笑得發狂。雖然讀書計畫泡湯，但與同學剪燭西窗，促膝長談，又是另一番風味。

■ 12月18日／星期一／天氣warm／專心上課

「文字學」課中，孔師一番話，舒暢無比。對繁體字或簡體字的使用，他提出了高明的見解。

繁體字可反映古代的風俗民情、經濟、文化及政治。文化的統一即政治的統一，有了統一的文字才能使法令順利傳達至社會各階層，如此人民才能清楚明白法規。兩岸統一可採一國兩字以方便統治。

而簡體字缺點是混淆了字形的辨識。例如，「云」，在上古是指自然現象的雲，亦假借為人云亦云，如今簡體字寫「雲」為「云」，此將造成辨識上的困難，使得「云」兼有上古之本義和假借義，完全忽略文字在歷史上演變的規律。又如「后」字亦是如此。

■1月10日／星期三／天氣cold／專心上課

上「口訓」課，Bob誇我英俊又幽默，但為何無女友呢？我暗爽答道：「我專心課業。」其實……我是沒勇氣去追，又怕失敗，又……。所以只好轉移目標，由愛情追尋轉為理想實踐。

課中，同學們因為害羞都不太敢用英語發表高見，而我平日的幽默感也在此刻消聲匿跡，只好一無所得地上完此門實用英語課囉。

■ 12月21日／星期四／天氣暖和／專心上課

「中思課」中，王師談了老子學說，很有收穫。道是指萬有的規律，大→遠→逝→反，所以反者道之動。「無為」可說是境界及工夫。「無」當動詞時，有「損」之義，即消除有目的之行為。此時，它指一種功夫。而「無」當形容詞時，有「無所為」之義，此時，它是一種境界。王師引用老子原文加以詮釋，其獨特見解令我耳目一新。

我應當學習老師細膩的思維，異於常人的思考模式及嚴謹的治學態度，這些能力皆是日後有幸上研究所應該具備的。

■ 3月19日／星期二／天氣晴／專心上課

「李商隱詩」課中，張師發一張文筆流暢的文章，這一篇《李賀詩新探》序是他為所指導的研究生所寫，不管在內容、思想、技巧、結構上皆出人意表。詳閱後，驚嘆其文學造詣之高明，才識修養之豐厚。張師曰：「我要做文言革命，論文著作皆以白話描述。」觀其妙文，我真希望文章功力能及其一半。他又說：「詠物詩必須要達到物我雙寫的境界，將詩人感情注入其中，做到真正的感動。」

■ 3月27日／星期三／天氣晴／專心上課

漸漸地，慢慢地，所謂的信心已不知流落何方。現在不管再怎麼努力皆是枉然，除非尋回日益久遠的信心。「天公疼好人」到底是否真實呢？在今天這個田地裏，只好相信它，因為唯有信它才有動力念書，不再怨天尤人，虛靜專一達成心中的目標。

上「英口訓」課時，我發表對何春蕤關於性觀念的不認同，瑪麗與我心有戚戚，她看起來滿賢妻良母的，肌膚白皙……

課中，我們玩「猜猜罪犯」的遊戲。首先，每人各抽一張寫有各種罪犯的紙張，然後在你問我答的試探下，猜出對方的罪犯名稱。沒想到猜出我的同學竟是那麼多，我啊，真是誠實！

■ 4月9日／星期二／天氣sunny／專心上課

一大早就起床，順便吵阿量起來上課。並不是我野蠻，而是我說好要叫他的，我似乎有某種特殊魅力，讓人容易接近，阿量即是一例。聽了兩堂「易經」課，還是沒啥收穫。對了，他是聽說今天要教卜卦才來上課的，由於我之前已有點基礎，所以聽得津津有味，而阿量卻如墜五里霧中。

四點上「樂府詩」課，我一直注意著莫知名的學妹，她似乎對我感興趣，她滿用功的，只是孤獨了點，就像我一樣。不……，我倆算是同病相憐。

上「李商隱詩」課，唯一收穫的是，了解滿多典故的來龍去脈，如綠珠、司馬相如、神女……等。李詩本多典故，所以會知道多點典故。課後，向老師請教「物語」的意思為何？原來就是故事的意思嘛，這麼簡單卻不懂，該打打屁股囉。

■ 4月26日／星期五／天氣晴／專心上課

上「閩概」（閩南語概論）課好有趣唷！上課時，老師規定三個人上台以閩語方式說故事。阿平講了一個祖孫情懷的故事，我倒覺得他的文筆相當不錯，內容豐富，情感真摯，具感染人心的藝術力量。

阿人講有關室友小美的故事，她說：「小美誇獎人漂亮時，都會說『水呷ㄅㄧㄤˋㄅㄧㄤˋㄍㄧㄡˇ』。」接著她繼續爆料說：「還有一次，阿美說：『買「黑仔糕」送一兮芋仔；一兮「菜頭糕」送一兮菜頭，全買送一兮「加速爐」』。」內容就是這樣生活化、通俗化，這才是真正吸引人的地方。

聆聽他們精彩的故事之後，老師便引領我們唸俗諺，有時國語說多了，台語反而說得不太靈光。閩諺的社會背景大概是從台灣早期貧苦落後的環境所產生，譬如說，「閒到捉蝨母相咬」是說以前農業社會衛生條件很差，所以幾乎每個女孩子都會生蝨子。總之，上閩概課可令人心情變得愉快些！

5月7日／星期二／天氣coludy／專心上課

早上七點多起，至文學院上「易經」課。江師談很多相學的知識。就面相而言，山根低的人遠離家園，祖上無緣，鼻子大的人表示很有財運。就手相看，智慧線向下彎的人適合走文學藝術方面的路，感情線越長則心思敏感，若切入生命線表示會殉情。

下午聆聽西灣文學獎詞曲組。評審老師剖析得相當精彩，我獲益良多。好的作品須觀照，像是情景交融，聲調和諧，意象與色彩的協調，措辭的精煉，內容章法的一致……等問題。哇！日後一定要好好創作，我就不信我的才氣差。

5月23日／星期四／天氣晴／專心上課

早上的「思想史」課中，我正打著瞌睡，失望地呆坐在孤寂的座位上。課後，詢問阿娟成大研究所的考況，她以無奈的表情回答，並自覺文學史答題甚佳，應可得高分，結果卻落榜了。我真為她感到惋惜！

阿宏通知我一個好消息，他考上成大研究所，真恭喜他。

6月3日／星期一／天氣晴／專心上課

上「古文字學」，孔師盡其所能把課程進度教完了，留給我們半小時互相溝通聊天。孔師說：「明天就要放榜了，不管上與不上都不要在意它。不上固然會傷心，但日子總要過下去，仍要往前看才行。」

寢室研讀

■文學博士導讀：

有別於圖書館的嚴肅儀容，在個人住處或學校宿舍閱讀可以全身大解放，脫鞋或藍白拖，赤膊或細肩帶，可坐可躺，能吃能喝，隨意自如，不受拘束，閱讀自然是享受生命的美好事物。

■10月10日／星期二／天氣sunny／寢室研讀

難得享受一個獨處的早晨。阿彥和小林出去打籃球，而小遠莫知去向，寢室只剩我一人。今天是國慶日，亦是我的良辰吉日。

打開許久未碰的訓詁學，精讀了一番。閱讀過程是一種樂趣，尤其在靜謐獨處的時刻。讀後明白了象形、指事和會意三者的區別。指事為獨體，會意為合體。指事博賅眾物，多為動詞及狀詞，而象形專指一物，象具體之形。例如，「立」，像人形在地上，極可能被誤以為象形，其實它是指事字。它不過是指站立一事，而非指人與地之形，所以它是指事字。

■10月14日／星期六／天氣日暖／寢室研讀

幾乎是上課上了癮了，一整天沒上課渾身不自在。但是自修亦是另一番樂趣呀！自讀而能從中吸收新知並重新組織進而成為自己無可替代的學問，這不能不說是一項喜悅的收穫。

詩歌有三大源頭：《詩經》、《楚辭》、《樂府詩》。東漢班固之《詠懷詩》是五言詩之成熟期，而魏文帝之《燕歌行》是七言詩之確立期。樂府詩發展成五言和七言，而《詩經》、《楚辭》發展成半詩半文的賦。

讀至曹植時，我已體力不支，昏昏欲睡，暗入夢鄉。基本上，學問的追求必須是一步一腳印，踏踏實實，如此才有真材實料的知識。

《詩品》評人之標準，內外須兼顧。鍾嶸提出「幹之以風力，潤之以丹彩」的滋味說。魏晉時期陶潛「質樸無華」被評為中品，而三曹父子，則以曹植為上品，曹丕為中品，曹操為下品。

讀累了，隨興瀏覽《古文字探源》，使我對古文字演變成今文字的規律更加清楚，儼然有小學家之風。更加確定日後能當個文質兼備的老師，現在好好充實學問，以後不怕被問倒，子曰：「不患無位，患所以立。」誠非虛言！

■ 10月29日／星期日／天氣熱／寢室研讀

「祝融肆虐大統殃，風雨福禍孰能料！」位於五福路上的高樓大統百貨燃燒了，親見大統淪陷煙霧火海之中，此景既怵吾目復驚吾心，何當時之玉宇而今日之殘屋耶？為何今年丙丁之禍甚多乎？多次見聞人之悲歡離合後，更能體會「平安即是福」之真諦。

夜清坐忘讀老莊，似有所悟於人生。蓋老子之人生觀約有四端：其一知足寡欲，其二柔弱不爭，其三絕聖棄智，其四抱樸守真。不知足之富者與知足之貧者，何者為樂耶？而莊子逍遙豁達之人生態度更是吾人生活之準則。今日孜孜於事業或矻矻於課業者，若不知定其心於山水自然，豈不悲哉？真若莊子所言：「蝴蝶夢為莊子邪？」吾人應夢為蝴蝶之逍遙，縱使僅止於片刻足矣！

■11月30日／星期四／天氣sunny／寢室研讀

總算過完了枯燥煩悶的一天！幾乎整天都在看文學史，讀得快發狂了。

文學史提到，明代有擬古和反擬古兩大學派。前七子以李夢陽和何景明為領袖，而後七子則以李攀龍和王世貞為代表，提出「文必秦漢，詩必盛唐」之主張。公安派三袁提出文學是發展的，重視小說、戲曲的主張……。讀了那麼多，不知吸收了多少？

我擬定每週準備考研究所的計畫安排得相當好。除了規畫讀書行程外，還會撥出一些時間來旁聽喜歡的課程及遊山玩水的娛樂活動。

■ 1月22日／星期一／天氣晴／寢室研讀

昨晚睡得很熟很甜，早上七點多驚起，赫然發現外層毛衣亂放在床頭。「咦~~明明昨晚還穿在身上？」算了，不去追究。

朝讀文學史，閱及謝靈運及謝朓時，因同姓之故，頗有熟悉感，或為吾之祖也。其倡山水文學一派，深得吾心。自入中山以來，漸對山水靈秀有份執著之情，當吾確知謝公善模山範水之作詩技巧時，更增吾對山水之愛也。近日，力邀學妹同行陟嶺漫遊，誰料，吾之逸志終不得矣！

夜涼如水，好風如霜。獨駕愛車前往車站接小兆回舍，當吾載他之時，吾謂其曰：「高處之我見汝為一蟻也，然平地之汝視吾亦一蟻。二者雖有高低之不同，然由道觀之，其二者如一也。」

向人請教

■文學博士導讀：

研讀專業科目可能會遇到問題，有問題則向人請教，你要知道，學問是孕育在金口上。有句話說得好：「不怕三分鐘臉紅，就怕一輩子無知。」

■10月12日／星期四／天氣sunny／請教老師

孔老師諄諄教誨，誨人不倦，幽默詼諧，竟把聲韻學的枯燥轉成活潑有趣。課中比較了五種方言的發音各有不同，說明了古今漢語的演變。我越聽越有心得，一有疑問，就抓著問題不放，向老師請益，非至「打破砂鍋問到底」，誓不甘休。「問」為「璺」的音同假借，其義為瓦器破而未離，尋其裂痕以索其破處，故有追根究柢之義也。

下午至林師研究室請教聲韻學的問題，解決了疑難，豁然開朗，如釋重負。何謂類隔切？眉，武悲切。眉屬明母，而武屬微母，非有雙聲之關係，此為類隔切也。顎化作用我也掌握其演變規律，由中古音演化為現代國語音系，除了舌根及舌尖音演化為舌面前之顎化作用，尚須了解濁音清化、捲舌音化，如此便能駕輕就熟、登堂入室矣！

■ 10月15日／星期日／天氣月明／請教學姊

認識了三位研究所學姊，我們同桌而食，因為晚上七點半我們將聆聽一場由簡老師所主講的「李清照的那個夏天」。

有史以來第一次在高市搭乘公車閒逛，車上，請教了學姊如何考上的種種甘苦經驗談。令人驚訝的是，她竟能於短短兩個月的準備時間就考上中山中文所。她謙虛答道：「多虧運氣！」

她誠懇地給我一些建議：每天寫一篇古文，全部科目瀏覽一遍，再以筆思考，寫讀書筆記，共同科目國文和英文絕不能放棄。接著她把哲理的話放在後面，笑著說：「一堂旁聽勝過三次自修課。」她的研讀方法對我很有助益。

■ 4月8日／星期一／天氣晴／請教老師

下午問孔師一個問題，「史」、「吏」、「事」三字在甲骨文是同形，為何後來卻為三字呢？孔師不慌不忙回答說：「這是同形異文的問題，由於假借而造成的。其三字初造時互有關係而共用一形，後來人多事繁，另造一字以為專用，故由一形分化為三形。」我專心聆聽孔師的解答，而他卻目不轉睛欣賞著我身上的觀音玉佩。非常開心，還滿多人喜愛我的玉佩，我的眼光還不錯嘛！

晚上阿義買了一些滷味回來，我們室友四人大快朵頤地享受美味佳餚。此時阿義借我的《說文》一書，想要查查「胡」字的由來。他問道：「胡字是查古部還是月部呢？」我胸有成竹答曰：「肉部，本義是下巴肉，結構是從古肉聲。」而他查的結果與我所說的不謀而合，他欣喜笑道：「我會感激你一輩子的。」其實我的開心並不是來自他的感謝，反而是我的實力還不算差。依稀記得孔師在上課時有提到此字，這是多聽的好處。

在報上讀到一句話：「好記性不如爛筆頭。」意思是說用筆去思考所聽來的、所思來的、所讀來的東西。養成做筆記的習慣，畢竟記憶力是負荷不了那麼多的。富蘭克林說：「愛情的視覺不是眼睛而是心靈。」它們對我的觀念影響很深。

4月11日／星期四／天氣晴／請教老師

傷心啊，卻不受其影響，我已化悲痛為力量。當我收到預官成績單後，心情根本快樂不起來，感覺很不舒服。英文加上國文竟不到60分，這種結果令人失望。為什麼呢？我主修中文，輔修外文，可是卻慘遭滑鐵盧，令我感到意外。

不過，現在感覺好多了。一番深思熟慮後，心中陰霾已經揮去，接下來則是發憤圖強了。智力測驗得了115分，令我感到格外興奮，國父思想得61分，應該還可以啦！它給我一個啓示：「一分耕耘，一分收穫。」我買了智力測驗的書籍，用力最多，所以得到應得的分數，國父思想亦是如此。

早上的中思課後，與阿宏、阿玲一同去找徐師請教。我問了不是問題的問題：《詩經》的現實主義是否影響建安風骨？問了很多有關「影響」的問題，總是惹來大家笑得東倒西歪。阿宏從頭到尾沒有表示任何意見，沒開金口。阿玲則誇我書念得多，答得好。高興歸高興，有幾分實力，自己最清楚，我尚須努力充實才行！

■ 5月14日／星期二／天氣晴／請教

原來如此，創作真的需要靈感！剛請教完鄰舍企管系阿禎創作新詩的心得後，心中疑慮已然釋清。他說：「沒有啊，就是讀書讀累了，想寫些東西，然後就有作品出爐啦。」

「題目是如何定的？」

「由美國俚語coach potato 而來的靈感，想寫有關現代人浪費時間坐在沙發上吃著馬鈴薯。」

「我是隨興而寫，有什麼就寫什麼，隔天再修改即可。」

哇塞！真是天才，他的思路是由沙發馬鈴薯而來的。當我問起為何此句如此安排？他則輕鬆答道：「其實我也不知道，想到什麼就寫什麼囉！」

如果真能上研究所的話，我會好好創作一番，理論和創作應該並重。

讀書會

■文學博士導讀：

借力使力則不費力，雖然閱讀是個人與作者的深度對話，但若能透過讀書會集思廣益，腦力激盪，讀書效果也能事半功倍。縱然如此想，但仍未開成讀書會。

■11月6日／星期一／天氣晴／讀書會

一位畢業許久在某高中任教的學姊突發奇想找我和小君組成一個小型讀書會。每週一早上八點集會討論讀書心得，每人分工合作研讀考試範圍的某一部份，學姊負責魏晉，小君負責明清，我則負責唐宋，如此規畫分工可收事半功倍之效。我將讀書會之運作視為一種訓練。

學姊說：「趁年少還有活力時，多多念書充實自己，否則老大之後，徒增遺憾。」我對此言深表贊同。

■ **11月14日／星期二／天氣西灣冷／讀書會**

讀書會今日正式加入新會員，總人數達四人之多。剛加入的小莉分派的部份是清代文學，我們預定下下週一討論各自的研究心得，屆時想必是非常精彩。

■ **11月27日／星期一／天氣sunny／讀書會**

早上八時整再度被放鴿子，那種感覺真有說不上來的痛。

巨蟹座阿君果然較有責任感，比我先到圖書館，然而學姊和阿莉則雙雙未到。我向阿燕詢問為何阿莉不到，她說阿莉不知在哪兒集合。而學姊卻不知去向，好好的一個讀書會卻搞成這樣！

■ 11月28日／星期二／天氣sunny／讀書會

晚上考李商隱詩，考得還不錯，只不過，文筆磨練得還不夠順心。之後，阿莉找我談讀書會的事，我告訴她真相，今後大家各自努力，說不定這樣的安排會更好。不管如何，努力仍是考上研究所的主要因素。

畢旅討論

■文學博士導讀：

旅行是另一形式的深度閱讀，能印證所學又可體悟新知，激發內在的創作因子。所以在求學時不能一味地死讀書，而應多出外走走。

■11月16日／星期四／天氣cloudy／畢旅討論

今天我做了一件自出生以來從未做過的事，那就是喝了將近半打的啤酒。

大約九點半，上完「中國思想史」課，阿義興致來了，邀我和小彥吃宵夜，後來阿嬪、阿成、阿燕、小莉和小菁等同學也加入我們的行列。一行人到學校附近的一家海產店大快朵頤。滿桌的海鮮料理，已令大夥忍不住食指大動。席間，我們討論有關畢業旅行的事，決定去南橫欣賞旖旎風光。不覺間，我們說了很多話，也喝很多酒。正當酒酣耳熱之際，阿義意猶未盡，再度提議去KTV狂歡，除阿嬪、阿成身體不適，先行返家外，我們又去續攤了。

同學中，我比較慘，因為我又被灌酒了，所謂：「人生得意須盡歡，莫使金樽空對月。」「今日有酒今日醉。」於是我呈現半夢半醒之微醺狀態，不過仍保有一點神智在，與君歌一曲，請君為我傾耳聽。此刻大家都陶醉在我的美妙悠揚的破歌聲中，昏昏欲眠，直至天白。

■ 12月1日／星期五／天氣sunny／畢旅討論

寢室三人組（我、阿義、阿彥）同去阿成家吃薑母鴨，阿義是主角。我們討論畢旅的相關活動內容，不知怎麼搞的，竟聊到政治、靈異、學術等話題。

談到政治時，阿義為新黨護航，極力宣傳新黨之好。談及靈異時，火災後的人影幢幢相當恐怖。後來話鋒一轉，論及「酗」字的構造法則為何？阿義認為是會意字，而我卻認為是形聲，阿莉說是會意兼形聲。阿成則在一旁忙著查《說文解字》及《廣韻》之書，卻毫無所獲。只好暫且擱下這個問題。

又談及今人作唐詩格律的問題，阿義再提出他的看法，但引來爭議，他說要以唐詩的形式作現代新詩，押韻依現代音。我則反對他的說法，主張以古音為標準來作現代詩，其餘文類，如小說、散文等則以現代音為準繩。最後仍無結果。

此次餐敘從晚上六點直到凌晨三點，在同學談笑間，決定出畢旅要去四天，去的地點是南橫和東部海岸。

■ 1月27日／星期六／天氣多雲／畢旅

這次的大學畢旅將是我最難忘的回憶，為了使它成為永恆，於是我不怕麻煩地把日記帶來以便記錄。

今夜宿於梅山山莊。在此之前，我們的旅程可謂一波三折。先是「一過梅山而不入」，加上車子的油已快用完了，於是大家同陷於愁雲慘霧當中，最後仍決定再回頭以尋梅山之蹤。沿途風景，層巒疊嶂似乎披上一層白紗，若有若無，隱隱約約，正所謂「山色有無中」「山在虛無縹渺間」，令人目不暇給。幻想著朵朵浮雲從窗口飄進又飄出，內心亦隨之而有飄飄然的感覺。登駛中，當整片一望無際的青山皆在我腳底時，極目遠眺，妙景難逃眼網。雄者之風浩然而現，真想登高一呼，而天下豪傑皆成我麾下。

行車時，阿燕、阿菁、阿莉和阿芳以活潑的心情唱出她們美麗的天籟和興奮。阿如、阿嬪和阿義則大吐苦水，阿婷和阿鈴正聊聊她們之間的趣事，而阿成、阿彥、阿兆和我正專心地欣賞大自然的一花一樹，一草一木，一切皆是造物者的傑作，渾然天成，不假雕飾。

想不到同學中有幾位也寫日記，比起我來，她們的較為輕薄短小，輕鬆有趣。雖然她們想觀賞我鮮為人知的日記，但由於承載太多的愁與悲，也就斷然拒絕了。

天池也是一個景點，很美！

■1月28日／星期日／天氣sunny／畢旅

晚上阿甄準備很多豐富精彩的娛樂節目，有比手劃腳、默劇傳話、演師生劇……等。同學們都玩得非常盡興，不亦樂乎！

暢遊平林農場是我首次體驗的旅行活動，所以很新鮮而震撼！獨自穿越遼闊的綠毯草原，整個人被四周雄偉高山圍繞，內心有種衆星拱月般的感受。沿途的山光更是美得沒話說，高峻而壯麗，外表蒙上一層薄紗似乎等待人類來探訪它的神秘。

此刻已清晨十二點多了，阿義等四大男人正打牌玩樂，不知是否通宵達旦。阿燕心情不佳，心事重重，呆坐在木屋前，沉思冥想，阿嬪發揮同學愛，靜心傾聽她的心事。

回想起剛才的餘興活動，阿嬪模仿蔡燕萍，維妙維肖，而阿莉模仿小詩，更是不假雕飾。飯後，在衆人慫恿下，展現了我美妙的歌喉，沒想到獲得熱烈的掌聲，阿成說：「你深藏不露喔！」實愧不敢當。

參觀平林農場時，心情興奮，摘了幾顆柳丁，觀看了牧牛製造牛乳的過程，與阿彥、阿偉共乘協力腳踏車，彷彿回到童年。

■ 1月29日／星期一／天氣cool／畢旅

早上離開平林農場之前，我拍了張照片留念，背景是壯觀的山色和綠油油的草地，有種置身世外桃源的感覺。下次要帶愛人來此度假。

晚上抵達知本森林遊樂區附近的飯店。下榻的飯店地下一樓設有卡拉OK而且房間設備齊全，洗的是溫泉，唱的是影碟，吃的是美味，較之前兩天實有天壤之別！飯後，部份同學就搶至地下一樓唱歌去，我也放開胸懷，大展歌喉。瞧大家一臉茫然，似乎對我有「黑瓶子裝醬油，無底看」之嘆，阿成又說：「深藏不露喔！」

第一次泡溫泉的感覺，相當奇妙！一池是熱，一池是溫，一池是冷，輪流泡在三池中的感受很特別，心情總是輕鬆自在。由於小偉酒醉發作，其他同學躺的躺，坐的坐，睡的睡，逛的逛，最後只剩我陪阿義散步前往不算近的第一大飯店。沿路陰森，有點恐怖，結果半途而廢，中途折返，我是基於安全考量才這樣做的。

今早行經八仙洞和三仙台而駐足。十時先至八仙洞，我買了三串佛珠送給家人，又喝了聖水止渴保平安，以及丟錢幣許願祈福。後至三仙台，我徹頭徹尾走完那座拱形橋，沿途欣賞著美麗山水之景，驚嘆造物者之神奇！

■1月30日／星期二／天氣sunny／畢旅

一大早用餐後，我們前往知本森林遊樂區。同學們先到小溪旁的健康步道，大家幾乎都脫鞋，當赤腳踏於碎石上，冷感陣陣，冷至腳底，又回到心窩，不知是否對身體有延年益壽的效用？

接著散步到百花蓊鬱的樂園裏。沿途風光明媚，杜鵑紅白開滿徑，行至好漢坡時，除阿甄和阿莉花容失色外，餘者皆爬完全程。對於平日訓練有素的我而言，陡峭的好漢坡已成平坦的小漢坡。登過好漢坡後，至終點，我們目睹了小瀑布，根本毫無氣勢可言，所謂「懸泉瀑布，飛漱其間」的壯觀景象，已不復見。

用溫泉泡了幾個半生不熟的蛋，這也是一種特別的經驗。阿偉和阿菁投幣求籤，一問家庭，一問婚姻。阿偉投了兩次，一次吉，一次平平，而阿菁則是吉。其實「沒有不好便是好」這句話應用於此，意味深長。阿偉似乎滿崇拜我的，女同學更美稱我為「謝教授」，聽了雖有快感，但畢竟現在不是！

這趟畢旅，總的來說，不虛此行！表面上看，四天三夜的東部旅遊皆沒唸到書，是時間的浪費，但由長遠角度觀之，它是人生美好的回憶，心靈上的充實，同學間情誼的聯繫。尤其是搭中山校車呼嘯於南橫東部之景點時，總吸引遊客的目光，我們感到很體面又風光。

約下午四時半返抵中山校園，由於尚存五千多元的旅費，我們再到中信聚餐，廳內氣派非凡，高貴堂皇，在大家滿足口慾的笑聲中，結束了大學畢業前的神仙之旅！

■ 2月2日　星期五　天氣冷　畢旅

早上又太不應該了，貪睡至11時才肯起床！

佛教的三毒：「貪」「瞋」「痴」確實是人性中的三大弱點。我從日常生活中發現一般人的通病是貪吃啦、貪玩啦、貪睡啦、貪財啦……，一切都是貪。如果我能改正這些惡習，就能得道解脫了。尤其是吃睡之貪更應好好節制才行。

下午與阿彥至清哥住處，阿婷、阿燕和阿莉也在場。我們一同觀賞畢旅的照片且閒話家常，很輕鬆自在。尤其照片裏雲海背景下的我，有種「北方有神人，遺世而獨立」的飄逸感。

聊天中，阿婷考我謎語和數學問題，還好我腦筋動得快。她說：「有17隻駱駝分給三兒子，一為2／3，一為1／6，一為1／9，請問各分得幾隻駱駝？」算法是用18隻來算，答案是12，3，2。聰明如我，答得毫釐未差。

我包了「菜底」到阿義家，順便買了一包菸慰勞他，我們邊泡茶，邊欣賞照片，阿義有感而發，談一些生死玄奇的內心話，他說：「要享樂就要趁早，該發揮的就快表現，否則明天會怎樣，誰也無法肯定。」其實我早已看破此點，所以我正做我想做的事而毫不悔恨，希望能達成目標才好！

學術研討會

■文學博士導讀：

求學過程中多去參加校內外各項研討會，對於自我學問的深化是極有幫助的事。

■11月18日／星期六／天氣暖和／學術研討會

早上十時與阿彥參加一年一度的清代學術研討會。遺憾的是，我沒有拿到資料袋根本無法聽得透澈，還好過程中仍聽得津津有味。第一堂先由陳、孔等老師發表研究聲韻的心得，之後再由另三位老師針對其內容做個評論。

下午阿彥至B組聆聽文學組，而我至A組聆聽義理組。義理組中，老師們討論了〈毛奇齡《四書改錯》對《四書集註》的批評〉、〈唐甄思想析論〉、〈王船山易學研究——易數思想析論〉等三篇論文，尤以高師的唐甄思想解析最為精彩。看他發表論文時神情自若，態度從容，口若懸河，令在場聽眾一飽耳福。

他企圖重新定位唐甄，更想提高他的知名度。唐甄思想與現代生活相關，有近代精神，提昇了女性地位，主張男女平等。另外，姚際恆治經的態度是分辨真偽，不為權威所限，敢於批判歷代經傳，拋棄《大學》和《中庸》，重視論孟。

今天總的來說，獲益匪淺。在會場碰到很多認識的研究所學長姊。不管對任何事都應有「要積極，不要心急」的態度，這樣才會成功。

■11月19日／星期日／天氣warm／學術研討會

今早從容地換上一套正式的服裝，至會場已八點了。

第一場由鮑師發表〈孔孟程朱二途〉之文。他主張，孔孟學說之主要意涵越到後代誤解越深。漢代儒學由於摻雜陰陽五行之說而產生質變，至唐又摻入佛學而使儒學漸失去原有風貌。

中場休息時，我去找學妹拿資料袋，起先她為了表現女人的矜持，所以拒絕了。後來不知怎麼搞的，竟又把資料袋拿給我了。

會後劉師看到我，表情很快樂，接著對我說：「今天穿得還像人樣。」沒錯，我的確穿得很正式體面，衣冠楚楚，怪不得可愛學妹二話不說便把東西獻給我了。

異性相處

■文學博士導讀：

兩性關係的體會亦是人生重要的課題，不一定要交男女朋友，但適時與異性朋友溝通對話是大學生活中不可或缺的體驗。

■10月31日／星期二／天氣氣清／異性相處

柳永詞曰：「執手相看淚眼，竟無語凝噎。」讀至此詞憶起簡師說：「若有一女子肯與你牽著手而互看對方，差不多可以娶她了。」又《詩經》亦曰：「執子之手，與子偕老。」只可惜我還年輕，體會不深。

11月22日／星期三／天氣sunny／異性相處

晚上六點半，我放著正事不幹，與學妹們聊起天來了。談著談著……話題轉入了西洋星座和血型，她們對此話題特別感興趣，於是我一一對她們做分析。

「嗯，妳3月3日生，牧羊座，屬火星星座……」我還沒說完，小梨快速插話進來，那愛情呢？

「對愛情三分鐘熱度，做事急躁，發起脾氣來具有芮氏規模七級以上的地震殺傷力。」我從容回答著。

她們似乎對這話題著迷了，爭先恐後，喊嚷著。

「7月6日呢？」「射手座A型是什麼個性？」「哪種星座最有錢？」

「處女座聽不聽明？」「AB型是不是雙重人格啊？」

沒想到，我算中的機率接近百分百。閒聊過程中，我問某妹有無男友，她說沒有，此刻心上的大石總算落下。然而，我已大四，必須為前途打拚，一切順其自然，我說過，總不因考試而亂了生活步調。

■12月4日／星期一／天氣冷／異性相處

下午「文字學」課中，找學姊問個清楚，為何上週讀書會未到。原來她塞車晚到半小時，在賣力地尋找我們蹤影未果後，黯然離去。

孔老師上課很慢，二堂課才講了甲骨文和金文的部份，若要談到六書，恐怕要等上一段時間。

下課後小燕學妹突然跑來問我晚上有沒有空，我一時驚慌失措，無言以對，其實我早已猜出她要送我宵夜了。「學長，今晚十點一定要在寢室等我喲～～」、「好啊～什麼事呢！」、「先不告訴你，到時不就知了！」

果然不出我所料，她親自烤了麵包送來武嶺村給我品嘗，說真的，我還不知如應付這個場面，因為從來沒人對我這樣過。「學長，明天早上十一點在系辦，我有禮物要送你唷！」她神秘的一笑，一溜煙就消失了倩影。

我當然不會認為她在喜歡我，只是搞不懂她為何如此做？

■ 12月5日 星期二 天氣cold 異性相處

十一點依約前往系辦，瞧瞧學妹給我的驚喜。

她用巧手慧心編織一條藍蜻蜓項鍊，看起來很漂亮，相當有質感。「學長，這條絲繩項鍊送你，希望你會喜歡，預祝你考上研究所唷！」她臉上掛著雀躍的表情，似乎是她比我還想考上研究所。

我還滿感謝她的，因為她以實際行動鼓勵我考取研究所，但我並不認為她暗戀我，這只是學妹對學長的基本關懷而已。

■ 12月6日 星期三 天氣冷 異性相處

下午兩點上「陶謝詩」，唯一驚訝的是，期待的人終於出現了，學妹小玲越看越憔悴，我也越來越沒當初那種感覺了。

■ 12月12日／星期二／天氣warm／異性相處

晚上在電梯口遇到學妹小梨和小靜，我叮嚀她們下週二的座談會記得要來。「呵呵，學長，有免費的便當吃，當然要來！」她們興奮的表情全寫在臉上。反倒是我失望的面容或許她們視若無睹，心想她們應該說：「因為學長要來，所以我們來。」

■ 12月15日／星期五／天氣sunny／異性相處

早上全班拍學士照，提前享受畢業的快樂氣氛。

同學們臉上都洋溢著向日葵般的幸福微笑，我知道他們已陶醉在這風景秀麗、詩意盎然的校園中。「嗯，這景不錯！」「蔣公銅像旁拍也很美哩！」大家七嘴八舌地嘀咕著～～～

「小輝輝，來啦，我們一起拍照嘛～」突然，阿晴與阿菁酥麻的嬌聲不知何方壓了過來，我一時茫然，受寵若驚，力邀阿彥和阿量助陣，我隨興找一位同學，禮貌地問：「請幫我們拍張照，好嗎？」於是我們趕緊各自擺好pose，就在同學們若有所思時，卡嚓！「啊～～不對，剛剛阿暈眼睛閉了，拍醜了啦！」好，再一張：「阿菁，眼睛左45度向上看天空！」「阿晴左手倚著阿輝的壯膀上！」「……」

好，大家喊CCC，給一個微笑，於是五六人都被抓進一個小框框裏，化剎那為永恆。

■12月20日／星期三／天氣sunny／異性相處

早上與同學阿燕、阿芳和阿芬在文學院拍生活照。可愛的臉孔加上活潑自然的姿勢，她們還滿上相的。而我呢？長得一臉忠厚老實相，加上不自然彆扭的拍照姿勢，破壞了大自然和諧的美感，順便也浪費了許多底片。

接著就拍全班的團體照。除了劉師外，幾乎全部的教授都到齊了。我主動出擊找老師合拍，找了鮑師、孔師……等，這一刻我似乎有教授的影子在。

■ 1月21日／星期日／天氣sunny／異性相處

此刻的心情糟透了，好不容易與小梨通上電話，卻被她無情狠狠地拒絕了，拒絕與我同行登山談心。

在復文書局買了《人性的弱點》和《擁有自信就是美》兩本書，這是在瀏覽作者書前之序後，怦然心動，於是決定帶回家。

昨日清晨與學弟小良趣談愛情之得失。我們的愛情觀迥然不同，他是執著，我是捨得。他無奈表示：「你這樣比較好，不會為愛自亂腳步，而能重新站起。」不管如何，書看得越多，越能自思而超越之。故近日所購之生活叢書，我將以閒適之情而讀作者細膩之心。

■ 3月13日／星期三／天氣晴／異性相處

正在洗澡時，小燕興奮地帶著泡菜和紅蘿蔔汁來到寢室慰勞我。我有點措手不及，她竟獨闖我的心門，我不知道這代表什麼，縱然室友肯定她是喜歡我的，但我已心如止水，因為目前的我，正處於埋首書堆奮發向上的緊要關頭，不能因此而打亂日常作息。

下午上「英語口訓」課時，竟然連下課都不知道，可能是上課方式很特別而太投入的緣故吧！全班分二排，相對而坐，相對二人為一組，一問一答，限時四分鐘。每四分鐘後，每人再以順時針方向挪一個位置。如此一來，我便可與不同的人玩問答遊戲。每個問題都滿有趣的，所以我玩到忘了時間。

■3月20日／星期三／天氣sunny／異性相處

已經好久了，我終於在文管長廊碰到小慧和小婷，小婷挽著小慧的手臂正快速地趕著上課，我在其後緊追不捨，她們的一步等於我的三步。在異性相吸的作用下，我終於追上她們了。

學妹先打招呼，笑說：「好久不見。」此時突然想請問學妹芳名，於是問道：「學妹，我還不知妳的名字呢？」她朝向小慧，並說：「小慧，學長在問妳耶！」我趕緊解釋：「我是在問妳的名。」她才恍然大悟說：「我叫方婷，澎湖的澎少三點水，彭方婷。」「學長，你快畢業了，要當兵囉～」我不慌不忙回答：「我還要考研究所呢！」此時她們充滿崇拜的眼神。

或許是造化弄人吧！行至文學院，我們便分道揚鑣，各自上課去。

■ 3月21日／星期四／天氣晴／異性相處

下午與阿彥到高師大報名研究所考試，當我拿到准考證時，有種莫名的感動襲上心頭，心想我一定是今年的研究生。

接著趕至青年書局買清哥的大作《唐詩采珍》一書，順便翻閱幾本有關文學史的書籍。原來杜甫〈秋興八首〉與李商隱〈錦瑟〉同列為詩謎之佳作。其實印象深刻的並不是從書本上所得來的新知，而是收銀小姐的美貌。《詩經》上說：「美目盼兮，巧笑倩兮，手如柔荑，膚如凝脂。」我終於找到了印證。長髮飄逸，櫻桃小口，挺引人遐思，想入非非……

■5月6日／星期一／天氣雨／異性相處

下午小雨綿綿，撐著小傘獨步上課，途中巧遇小娟，好奇詢問她何時寫完六種得獎作品，她說寒假就寫完了，好厲害喲！

■5月25日／星期六／天氣晴／異性相處

有人談到寫日記不管在寫作或是思考或是成長等方面是有助益的，阿秀說：「寫日記可以讓你思考很多東西，這是非常好的！」

下午把時間都給了阿秀和Erin，我們討論有關Flea的故事。本以為從下午一時至四時就可討論完，結果到六時才正式完畢。其間談了很多無關主題的閒話，如小丸子、電影及家裏的事。原來阿秀家沒男生，都是姊妹，而Erin的弟弟一百八十公分，長得滿帥，電腦很行，她說要介紹給我妹，結果我跳開這個話題。

經一番思考後，她應該是覺得我人不錯且她已名花有主，在惋惜下，遂將愛慕之意移轉至其弟身上，透過撮合其弟與吾妹之配對，表達她相見恨晚的綿綿情意，不知揣測是否妥當？

■ 11月23日／星期四／天氣冷／異性相處

「中思」課中，戴老師主要講墨子提出言有三表，以及名家的辯證。譬如說，雞足三，是說先有一個雞足概念，才有左足和右足的概念，所以是雞足三，而非指雞有三足……。就這樣聽了三堂課。

吃晚飯時，巧遇小如學妹，於是與她同桌用餐，席間，餐廳裏許多認識的學弟妹來來往往，令我目不暇給。正當與小如聊得不可開交之時，她的男朋友突然來訪，望之儼然，醋火中燒，此刻小如早已驚慌失措，六神無主，其後發展則不得而知了。

學弟小遠腳穿白襪加涼鞋，奇特無比，同學小雯很誠懇地問他：「你腳傷好點沒？」原來學妹誤以為他穿的白襪是腳傷繃帶，結果小遠氣得快抓狂了，我才不鳥他呢！

■ 5月30日／星期四／天氣晴／同學相處

期末考後，我發給大家每人一本畢業紀念冊，他們競相拿給我簽名，相當榮幸，之後與阿量、阿玉和阿嵐一起去吃臭豆腐，聊了很多。

室友之事

■文學博士導讀：

高中以前大多數的學生因學區的劃分，也因年紀太小的緣故，離鄉背井的遊子較為少見，但上了大學之後，離家住宿的情況則屬常態，我從台南來到高雄念書，由於經濟不寬裕，故寄居學校宿舍四年之久，人際關係較為複雜，我猶記得一位對我不敬的學弟，體悟了一些人性……

■10月28日／星期六／天氣sunny／室友之事

小彥老對外文系的小慧念念不忘，且吩咐我見到她時，問她有無男友。他呀，只會叫我幫他忙，而我呀，只會幫人忙，換言之，一個願打一個願挨，活該！

其實助人不也是件爽快的事嗎？反正我每天累積一點一滴的知識與經驗，而助人不過是人生經驗之一，它並不浪費什麼時間，反而可豐富生活，充實生命。

■11月21日／星期二／天氣warm／仇人室友

阿慧的學長向我借研究所考試資料，基於對校友的道義，我爽快地答應了，雖然他是我明年的對手，不過，我仍不能太過私心，盡量多多幫助別人。

巧遇學弟阿昇，他說要請我吃宵夜，在一番深思熟慮之後，毅然決然讓他請了35元的宵夜。

小娟燙了頭髮，要我欣賞一番，我還真呆咧~，不知好好讚美她！奇怪的是，她說她很懶。

晚上武嶺村的某室在皎月的映照下，氣氛一點也不浪漫。室友小遠餓狗般地亂吼鬼叫，對我不敬。一陣肅殺之氣逐漸蔓延開來，我猶如猛虎出柙，全身筋肉將要爆開的我，大喊：「言語修辭小心一點！」臉色大變的他，由狂妄轉為驚恐，我看了實在有點不好意思。

■ 1月2日／星期二／天氣cold／室友之事

我錯愕地發現小林、小遠和小新偷看我的日記。

雖然我未親眼目睹，但小林不打自招的語氣使我確定他們的罪行。一氣之下，幾乎五臟六腑都糾結成丸「我會報仇的，別怪我無情！」我怒目視之。

小林老早就覬覦我日記很久了，每當寫日記時，他總是在旁虎視眈眈地盯著日記不放，內心的野獸早已計畫要如何生吞這肥羊。果不其然，他真的做出這種有違道德良知的勾當來，未經允許就擅自拿別人的東西即屬偷竊行為。日記就代表我的人格和尊嚴，他們竟無視我的存在，將我的思想赤裸裸地攤在眾目睽睽之下。

在一切真相大白後，我決定上鎖，鎖住我真誠對待他們的心。午後，在武嶺二村若有所思地欣賞落日之美，冷風刺骨地吹襲，卻吹不走我的心上愁。這時口中唸唸有詩：「相見時難別亦難……」「聞道閶門萼綠華……」此刻的心境是：「……夕陽無限好，只是近黃昏。」這些都是晚唐李商隱的著名詩句。

日常生活上的挫敗與打擊，往往帶給我意想不到的收穫。像今天我學會了寬恕，曾子曾說：「夫子之道，忠恕而已。」這是相當高遠的境界，很難做到！

■ 2月3日／星期六／天氣cloudy／室友之事

與課外從事直銷事業的小林聊天，總給我多一些腦力激盪的思考。他說：「他以後會煩惱食衣住行的問題，譬如吃的地方是要去華王或是中信大飯店，住的地方是要到別墅或大廈之類……等。」小林果然很會幻想，幻想著有錢的樣子。他有鴻鵠之志雖是值得欽佩，但所定目標有如天星般遙不可及，天馬行空，又無妥善計畫逐步去實踐，最終應該只是空談而已！

阿彥再度發出牢騷的呻吟：「阿量之作為太過分了，修道人應從生活中做起，基層做不好，如何做到最高呢？禪本來就從生活上瑣事細節做起，不該與社會隔絕，脫離人生……」啜了口茶後，又說：「阿量似乎不是真正在修道，只是在探求而已！」阿彥的一番話，深入吾心。

■ 2月8日／星期四／天氣晴／室友之事

方才與小林聊一些人生目標和企業管理等話題，雖然覺得他在昌民公司服務期間有習得若干中文領域之外的東西，但卻染了一身銅錢味，處處以利為著眼點。而當我在發表當初曾打工推銷音樂錄音帶的行銷管理經驗時，我那意氣風發、神采飛揚的氣勢不知是否令他佩服之至。

他不甘示弱立刻還我以顏色，談及從書上所學來的知識。他說一般人只注重問題本身而非尋找解決之道。這點我認同。例如，臉上冒痘痘時，不要去煩惱它，擠壓它，注意痘痘本身，而應設法找解決方法，告訴自己多吃水果，多運動，不吃油炸食物……等，這才是治本之道。又如，當別人問你事業與愛情何者為重？我們應該思考如何兼顧兩者而非局限問題本身。

鼻子的老毛病又犯了，相當難熬。閉館後，往復文書局瀏覽姓名學相關的書籍，背了一些凶數的口訣，判斷方法是看陰陽五行和筆劃吉凶。我又多學一樣東西了，每天都為一次小感動而快樂！

這幾天我一定要好好準備研究所考試，就算不為考試，亦為充實知識而努力，加油吧！

■ 3月4日／星期一／天氣sunny／室友之事

晚上小彥回來，現在寢室非常熱鬧活潑。他們邊聊邊吵，使我無法靜下心來寫日記。

他們的話題聊到幽靈船事件。我很難連貫他們的談話內容，這已干擾我的思緒了，此刻腦筋空白，毫無題材可寫，奇怪，文字學到底唸些什麼東西？哦～我想起來了……

3月22日／星期五／天氣sunny／室友之事

小遠狗眼似的對我說：「可悲啊～可憐啊～」

奇怪了，他竟可準確地預測出他未來的可憐樣子，樣子的可悲。我說真的，有朝一日如果在學術領域上有成，或在商業上，或政治上，或是其他領域發達的話，我一定會叫你一寸一分地回饋出來。

沒錯！我是仁慈，良好修養，樂於助人……，但忍耐是有限度的，《中庸》云：「喜怒哀樂之未發，謂之中；發而中節，謂之和。」故日後我採取「爭口氣」的行動亦不為過，因為發而中節嘛，情緒發洩是合乎禮節的。

■ 3月28日／星期四／天氣晴／室友之事

為了不幸負小遠的好意，我吃了他一片香瓜。結果他竟說出令人傷心的話：「下輩子作牛作馬，你要還給我喲～」阿量在旁為我找台階下，他說：「讓人家高興一下，也算是功德一件。」頓時欣然卸下一顆重石。

大三學弟詢問如何著手準備考研究所，我便以自己的經歷為基礎而給他一點小建言。不過，那時心想，我都尚未成氣候，憑什麼給學弟建議，萬一策略錯誤，害人豈不淺乎？

■ 5月16日／星期四／天氣晴／室友之事

打著赤膊在寢室間晃，吸引了阿義的目光，突然之間他大笑，疑惑地說：「又不是藍波身材，還拿著醜陋的身材亂現，真奇怪！」

■5月21日／星期二／天氣rainy／室友之事

晚上寢室氣氛非常活絡，熱鬧。阿義出去買鹽酥雞，雖然說不大想吃油炸的東西，但又不好意思掃興。誰叫我的個性這麼隨和又好講話呢，每個人喜歡開我玩笑，如果以後當教授，可能會被學生整得很慘！

小昇來寢室向我討教聲韻學的知識，我以深入淺出的方法引導他對基本概念的了解，他誇我教得比老師還好喔！

輔系課程

■文學博士導讀：

我的主修是中文系，輔修是外文系，所學的專業領域則集中在文學。由於高中時期就對英文極有興趣，國文是次要喜愛的科目，但某種因素促使我念了中文系，為了彌補缺憾，我通過西洋文學概論的考試，順利申請到外文系為輔系。

■11月29日／星期三／天氣sunny／輔系課程

晚上的武嶺宿舍區充滿烤鴨味，是學弟小林和小遠買了烤鴨回來囉～～

小林以生日的名義乾了我一杯參茸藥酒，於是我把我的第一次給了他，接著杯觥交錯間，小遠趁機想再灌我一杯，我堅持拒絕了。

下午上了一門外文系的「口訓課」（英語口語訓練），課中，每位學生必須強迫用英語溝通，大家都有機會發言，每次一輪到我發表時，總引來一陣大笑，成功營造了活潑快樂的氣氛。尤其是當我主題集中在老師的大摩托車上，不時以我的小車與師的大車做一鮮明對比，贏得全場喝采。

■ 12月16日／星期六／天氣warm／輔系課程

「月上柳梢頭，人約黃昏後。」在一個舒爽輕鬆的午后，我與「口訓課」同學一起到澄清湖烤肉。班上只有我和阿秀是外系生，我們是從中文系來外文系修輔系的。

我們先在洞口集合，然後分騎多部機車前往澄清湖烤肉。安妮在約定時間後尚未現蹤，於是老師引領幾位同學，先行離去，只剩我和Bob留下來等她。等不到安妮後，我們便驅車依印象中的路線揚長而去，熟料，車陣中不遠處有個熟悉的身影在晃動著，逐漸接近我們，近看不是安妮，而是阿秀。原來她跟不上同學的車速（恐怕是路痴），驚慌之餘，返回求救。

此次活動除了安妮未到，其餘同學都到齊了。烤肉中，Ace是主廚，大展課堂外不為人知的手藝，桌上原擺放著各式各樣的食物，烤肉串、香腸、玉米、草蝦、豬肉片，青椒……，轉瞬間都被她的巧手調弄得服服貼貼。瞧她右一壓左一翻的職業架勢，烤架上的生食滋滋作響漸漸轉為熟食，香味四溢，我們的味蕾就這樣糊里糊塗地被挑逗著，Ace根本來不及夾上盤，嫩肉早已被瓜分得不成原樣了。

看著桌上杯盤狼藉的模樣，大家應該是很滿足才對！

■ 5月1日／星期三／天氣晴／輔系課程

今早被一個夢驚起，這個夢很奇怪，起床後發現褲子還濕濕的，原來是夢遺！在我的記憶中，絲毫不存任何淫邪的念頭，真不可思議啊～～～

在夢中依稀記得我坐在神明面前，有個人拿著香觸碰我全身，後來他竟把香插入我的鼻孔，之後就……。不知夢境透露什麼含意？上「口訓」課時，我便以英語口說方式將此事與同學分享。又講了一個關於天堂的故事，雖然講得很差，但我滿意自己的勇氣表達。課後遇到阿莉，她告知中山有五人筆試通過，二位是在校生，一是阿錫，一是阿煌。他們倆真厲害，短短幾個月就考上研究所。

回舍後，小燕送來味美的麵線給我享用，感覺很棒！去電台北聯絡高中同學阿廷，台北的考試想借住他的輔大宿舍，豈料，他跑去學姊那兒風流了，不顧我的招喚，希望你明天一定要在啊！否則……。唉，真是一波未平，一波又起。

■ 5月8日／星期三／天氣雨／輔系課程

晚上回舍，阿彥告知香港的阿潘來找我數次。我非常驚訝，原來他那麼看重我，離開中山半年之久，仍不忘老友，實在難得。

上「口訓」課，有三位同學上台教我們一些東西。Elen準備一道好吃的菜請我們品嘗，可惜的是，我吃得不多，菜名叫soupburg，同學們讚不絕口。接著Michel發handout講義來教Biology class。他主要是講解魚的構造，相當仔細。Eny教我們有關音樂的知識，使我們對樂器有更深入的理解。

西灣文學獎新詩組大爆滿的盛況，匪夷所思，原來是兩位老師強迫學生聆聽學習的。講評者提出創作新詩的秘訣是深入生命的情境，以及意象的運用要恰當，不浪費一字一句，不可一味堆砌。如果有幸考上研究所，明年一定進軍西灣文學獎，就偏不信博學的我沒有才氣。

近三年蒐集了名家的佳作，我想也應該可以好好創作了吧！

■ 5月22日／星期二／天氣多雲／輔系課程

This is really not my day.上「英口訓」課時，大家熱烈討論著戲劇表演的事情，而我卻無法提供任何意見，我的心情顯得格外沮喪，Erin 形容我的窘樣像是剛出牢的頹廢流浪漢。

晚上與阿清到祥禾經紀人公司聽課，講師講得好精彩，他說了一個相親的笑話：A叫B先去看看女方長得如何？如果不好看就call BB，結果是女方call BB。

我實在很佩服能在台上演講的人，我也應該可以這樣吧？

■6月5日／星期三／天氣晴／輔系課程

下午上「陶謝詩」，蔡師賞詩的方式是先清楚解釋字詞，再把全篇翻譯一次。其實多上詩選的課程，必能對詩詞有更深一層的認識，也才能具有詩詞的涵養。

緊接著上「英口訓」課，這是本學期以來最快樂的一次，夜外一學弟妹為我們大四外修生舉辦歡送會，我非常感動，感動的是學弟妹的熱情與關愛。阿秀準備的節目相當專業，她教我們莎士比亞詩的意涵及其所衍生的男人與女人愛情的問題。

反省

■文學博士導讀：

反省是自己和自己的內心對話，念頭紛然雜陳，善惡是非不一，無論如何，常反省的人，腦中細胞必然活絡，思想也較開闊，人生腳步不致停留原地，隨時會有前進的動力，至少我證明了這點。

■12月9日／星期六／天氣cold／反省

遺憾，遺憾，睡到中午才起床……

一個人給自己太多藉口將會強化他的惰性。太容易原諒自己的人是不會實踐他的理想的。於是我已警覺到自己的太多不是，準備好好反省檢討再重新出發。

愛爾蘭劇作家蕭伯納說：「生命中有兩個悲劇，其一是不能達到心頭的慾望，另一則是達到它。」沒錯，如果我沒有考上研究所固然傷心，但是考上了研究所更是另一段旅程的開始，正如蕭氏所言的兩種結果皆是悲劇，然而我選擇悲劇性較少的結果——上研究所。

一個人的成功與否，應以一生的眼光來看，也就是說，用一生的眼光來看一時的得失成敗。希臘哲學家普魯塔克說：「漢尼拔（迦太基大將）知道怎樣贏得勝利，卻不知道如何運用勝利。」的確，創業維艱，守成不易啊！如果我真能上研究所的話，讀的書以後會比現在更多、更重要。其實這不打緊，既然我已選擇了，我就要付出代價，我仍衷心希望我明年能成為準研究生。

■12月10日／星期日／天氣cold／反省

白天停電，圖書館頓時陷入一片漆黑。此刻感覺很悶很沉，眼簾一葉一葉降落，沒唸到什麼，漸漸也就闔上眼了。算來好幾天接連找了很多藉口原諒自己，我到底何時才能清醒，都什麼時候了，還在睡夢中虛度。

晚上小遠真心誠意且語重心長地說出一些讓我感動的話。他向我傳達保險的觀念：人有旦夕禍福，未來渺不可知，人生無常，希望我能對未來做一個有利人生的規畫。「我……可能因肝病而……」接著他表情凝重地說。認識他那麼久，就數此刻最有人情味，語畢，他立刻遞給我一張劃撥單，希望我能善用它。

■12月11日／星期一／天氣cold／反省

一整天身體很疲累。累得非常誇張，幾乎每點一個頭就做一個夢，夢境已不復清悉了。記憶力彷彿不勝負荷任何東西，天啊！碰到此種狀況如何去突破呢？

是改變生活習慣？或是找人鼓勵？或是出去走走？或是……？其實最重要的不是慌張，應按部就班來讀書，反正距考試還久，唯有踏實地走，才能順利達成目標。本來成功之前就是一連串的挫折與絕望，唯有把它視為理所當然，進而接受它，最後超越它。

■12月23日／星期六／天氣sunny／反省

配了一副黃金框架的眼鏡，搭配在我臉上，顯得很有學問的樣子。一個人若具備內在涵養所散發出來的氣質，再加上幽默的談吐、優雅的舉止，那麼他的魅力自然就顯現出來。至於外表帥不帥、俊不俊，則是次要的問題了。戴了這副眼鏡讓我覺得很有自信、很快樂！

■12月24日／星期日／天氣cold／反省

一直睡到十二點半才起床，老毛病又開始作祟。妹妹一大早就出去溜冰直到晚上十點才回家。年紀越小越瘋狂，我在她這樣的年紀時，我也沒玩到如此不知天高地厚啊！

■ 12月25日／星期一／天氣cold／反省

今天感受不到聖誕節的氣氛。

在家好吃懶做的本性表露無遺，帶著悔恨的心情起床於中午十二點半。為何對別人的承諾可以赴湯蹈火在所不辭，而對自己的承諾卻一再失誤放縱呢？真該找個女友來管管才行！要找誰呢？小梨？小雯？小玲？或……可是對她們的感覺只是短暫的，並不存有任何愛情的幻想。

由於寒流來襲，日夜溫差大，所以必須在下午離開我那可愛溫暖的家。我再度孤獨地駕著愛車回校。途中有個心有餘悸的驚險畫面，背後有輛大卡車差點將我吞噬進去，還好我機警閃躲，撿回一條命。不然，這二天來所吃的薑母鴨全都白費了！！！

■ 12月29日／星期五／天氣冷／反省

早上第一件事就是幫阿燕、阿芳交畢聯會費。辦完事後，至圖書館四樓找阿燕，結果整天都見不著她蹤影，由於責任心太強，事情一來就想儘快解決。通常只要我能掌握的，我就能辦得完美，而無法掌握的，就差強人意了。阿燕在何方，我無法預知，所以我不能如願以償把所想的完成。

閩南諺語實在有趣，例如：「蚊蟲，也過一世人。」是說人與其他生物同樣具有生命，而存在這個可愛的世界，有生亦有死。雖然開始和結果都一樣是生和死，然而過程卻大不相同。人有智力來安排如何生活，而其他生物則無。如果不懂得利用時間充實自己做有意義的事而渾渾噩噩地過了此生，那和沒有能力安排時間和選擇生活的蚊蟲，有何兩樣呢？

■ 12月30日／星期六／天氣很冷／反省

不該，真不該，太不該，意志力被心魔打敗之後，一整個早上就在可愛的溫床享受美夢的溫柔。

其間做了好多個怪夢。夢中我與某同學至清哥住所拜訪，只見他身著內褲開門迎接，在他驚嚇之餘，心頭深處竟跳出一扇門掩護其下體，之後慌張地引領我們進屋，冷不防地卻看見某學妹在其房內，她還若無其事說她不是清哥的老婆呢？真不可思議！

接著我逛進一間廟，有人叫我不要進去以免被罵，不過，憑著一顆誠心，我合掌膜拜後，眼前的視線轉入另一個陌生的隧道，兩旁像是巫覡之類的人沿途為我祈福，爬上樓梯到正殿二樓後，突然有三個人與他們打了起來，不久就被嚇醒了，時間在中午十二點十分。

■1月16日／星期二／天氣晴／反省

「昔文王拘羑里而演《周易》，仲尼厄陳蔡而作《春秋》，左丘失明，厥有《國語》……此人皆意有所鬱結，不得通其道，故述往事，思來者……。」雖然吾與史公際遇、心境不同，但鬱結之意一也。

佛祖勸我們「無緣大慈，同體大悲，常懷感恩心，不存怨恨心」。說來慚愧，邇來立志「持平常心，參生活禪」，然心性日損，事功未彰顯，受人言語或外物之境之左右。怨恨小遠至極，因其主觀言語和行為。但就另一角度言，他則提供一種人生的錯誤示範，讓我反省人世正理以免重蹈覆轍。故以反面思之，怨恨心則轉化為感恩心。

晚上的訓詁學期末考非常刺手，一看到考題，整個人非常緊張，心中恐懼被當，心情差點崩潰。還好我的實力還不錯，以平日所讀及點滴小學知識來解答考題，除了首題無竹在胸，餘皆志得意滿。至李商隱詩測驗之時，初皆心亂如麻，俟本心一定，答題已稱吾之心意矣。

■ 1月20日／星期六／天氣晴／反省

這本日記終於在今天寫完了！

回顧以往所走過的辛酸歡欣的歲月，所有的點點滴滴都真真實實地被記錄下來。雖然文筆技巧有些許進步且內容亦多彩多姿，但仍不滿意自己的寫作能力。唯一值得慶幸的地方，是我的持之以恆、永不放棄的精神。由於我的毅力才促使這本書的完成。日後將與愛人分享這份喜悅，把這六個月來所收藏的點點滴滴，留到以後兩人坐著搖椅，慢慢回味，細細品嘗！

■1月25日／星期四／天氣晴冷／反省

夜晚約十一點，當兵的弟弟休假歸來，增添了家中喜氣團圓的氣氛。他告訴我們一個恐怖的消息：「有位士兵在軍中自殺了！」一聽到這個消息，我是否該對未來的從軍生涯恐懼呢？其實無動於衷。

■2月1日／星期四／天氣cold／反省

真為今日之久戀綺夢而懊悔不已。反省之餘，仍要奮發圖強，改掉貪睡陋習，專心致力於功課上。

未讀《三民主義》已四載矣！今日讀之而心境大異於前，子曰：「溫故而知新，可以為師矣！」此時余正溫故且吸收國父思想之菁華，已令吾驚嘆其博大精深，其集合古今中外思想之精粹，加以獨見創獲者，遂完成三民主義之卓著。

■2月5日／星期一／天氣warm／反省

唉，心煩氣躁，謝郎才盡，絞盡腦汁也寫不出好東西來，非得要寫寫日記強說笑。忽憶《文心雕龍》言：「秉心養術，無務苦慮，含章司契，不必勞情。」雖然腦中無一物，但寫文章是每日必做的功課，故亦須花點心思去堆砌飣餖而無可奈何也。

武嶺四村宿舍於寒假期間暫停熱水供應，只好往三村沐浴，數天之後，我竟愛上三村浴室的一切，寒冬中能有熱水沖洗身體，是種幸福的享受！

■2月12日／星期一／天氣sunny／反省

誠宜託一美女一清鞭以策吾之墮身，如此，則不致懶睡而至午後一時。嗚呼！是事一再發生而未獲根本改善，縱有，亦屬短暫之功耳。古聖曰：

「躬自厚而薄責於人。」每當甦醒之後，總苦尋藉口以求心安理得而再度上床暢眠矣！俟吾之清醒，往往責其先前之意志不堅而懺悔不已。不唯今日如此，且昔日亦若今日焉。倘此惡習未能立即根除，恐今暑之鴻志難以實踐矣！而解決之道在於意志之堅毅也。

每讀思想史，便欽羨勞思光之古文功力，而思有朝一日能及其半。餐後，信步至三村某一觀景平台，由此遠眺可見大海之一片無涯，心情頓時開朗，胸襟因之闊然。然限於詩才，乃無以吟詩作詞以饗此良辰美景，於所學實有愧焉！

■ 2月16日／星期五／天氣涼／反省

好吃懶作的老毛病又犯了，真不知該如何責備自己才好！

眼看時間一秒一秒地流逝，越來越逼近研究所大考而自己卻若無其事地混過日子。表面看來是胸有成竹，其實內心根本早已被逸樂之魔給降服了。

以往辛苦用功的精神在今日已不復可見，取而代之的卻是一日一日地墮落下去。雖然偶爾看些閒書，讀些教科書，然而不免犯了一曝十寒的弊病啊～～每每試著編織美好的藉口說：「不給自己太大的壓力，才能更快地吸收知識。」我想，這樣的言論只能哄哄三歲小孩吧！

■ 2月18日／星期日／天氣冷／反省

今天一整天都非常忙，從午後一時起床後，即開始忙著貼門聯，端供品，搬東搬西。等一切準備就緒後，我便與爸媽出去買新衣，媽媽買了一件外套、毛衣和長褲給我，我真不好意思，花了她三千多元不知是否令她心痛？目前讀書期間都向家裏拿錢，吃的、用的、玩的都是爸媽的血汗錢供應的，所以說什麼我也應當努力用功讀書，考上研究所來報答他們。

現在已是凌晨二點了，我已新添一歲。我在十一點五十九分與十二點零一分之間許了一個願望，希望今年能考上研究所。

邀了親朋好友來我家聚賭。誰知運氣不怎麼順，大概是肚子餓昏的緣故，我先行離開以便補充能量。吃過火鍋精神爽，大呼過癮！湯足飯飽後，忽然憶起正經事未做，逕至四樓寫日記。對我而言，日記比任何事重要，這是我日常功課。

■ 2月27日／星期二／天氣cold／反省

下午四點多剛回到寢室時，發現一切的景象都變了。桌上杯盤狼藉，襪子東西各一條，椅子歪七扭八，一切就這麼順其自然亂七八糟起來！到底是誰有這種習性呢？又是誰在此為非作歹、耀武揚威呢？鐵定是剛才與我分手離開寢室的那三個男人：小林、小新和小遠。如果讓他們三人住同一間寢室的話，我真不敢想像他們的世界將變得如何？

之所以提前一天來到學校，是因為在家太過享受了，享受睡眠，享受美食，享受孤獨……。幾乎每天不到午後一、二點是絕不起床的。

■ 3月5日／星期二／天氣晴／反省

我分析可能考上研究所之因是：第一，大學四年累積超強的英文實力。第二，我有過人的意志力及努力不懈的精神。第三，按部就班按照計畫進行。第四，多聽、多看、多問中使許多問題得以釐清。第五，有鼓勵和激勵我的諸多朋友們的祝福。綜合以上五點，我認為如願以償的機會很大。

■ 3月16日／星期六／天氣hot／反省

六時至復文購買《人間詞話新注》及《周易今註今譯》兩書，花了我將近五百元，使本週的生活費相當拮据。

早上至系辦隨興瀏覽歷屆考古題，赫然發現到好多東西還沒看完，以目前的實力，實在是不能考啊！

或許我的得失心太重，每刻幾乎都在想萬一……。為何不坦然去面對它呢？現在最重要的事就是安我的心，心亂則氣衰，氣衰則名落。所以要好好地讀下去，不去想太多，不給自己太大的壓力，時時鼓勵自己，千萬別嚇自己！

■ 3月23日／星期六／天氣好／反省

今天是台灣政治史上很重要的日子，是一個人民可以做主人的日子。選後結果是李連以壓倒性的氣勢獲得高票，當選為第一屆民選總統和副總統，今後李先生將引領我們邁入二十一世紀。其實我們所關心的是兩岸關係的發展，因為它將影響台灣政治之良窳，社會之安定，經濟之繁榮。

■ 3月26日／星期二／天氣晴／反省

好煩喔！終日自尋煩惱嚇自己。如果沒選擇繼續升學，大四應是消遙快活的吧！但是一旦認定了它，就不該胡思亂想，三心二意，反而該盡力而為，全力以赴才是呀！「命裏有時終須有，命中無時莫強求。」說得一點亦不差。在未知命中注定什麼是我的之前，唯一能做的便是靠自己來創造我要的命運才對啊！

■ 4月4日／星期四／天氣rainy／反省

今天是兒童節，我也沒什麼節目好慶祝的，只是為今早的貪睡懊悔不已！八點半起床，按完鬧鐘後，又想繼續睡我的覺，赫然發現，我的毛衣竟在床邊，本來昨晚毛衣還好好地穿在我身上，為何早上被脫了呢？算了，不管那麼多了，先睡再說。

……結果睡到十一時半才真正起床，好後悔喔！天真以為才十時而已，誰知已到午餐時間了。

■ 4月6日／星期六／天氣陰／反省

真感謝阿娟借我哲學史閱讀充實，一口氣把先秦諸子複習一遍，一氣呵成，心有所得，便把讀完的書還給她了。

早上犯了老毛病，多睡了一個多小時，還好阿量來吵我，我是在迷糊中驚起的，但他才剛來寢室，一下又要回家了。他人還滿奇怪的，繳了研究所考試報名費，又不盡力準備，真不知心裏想些什麼。當我問道：「阿量啊，春假過得怎樣？」他面無表情答說：「都在睡覺！」「那你考試怎麼辦呢？」「我本打算去陪考，玩一玩啊！」我還真搞不懂他的做法哩。算了，不去想它了。反正，我盡心盡力去考我的試，不管結果如何，但求無愧於己。

中午與學長聊聊考試的事，他分享了上次考試的經驗。他說：「無論如何，千萬不要錯過任何一題，至少也會有一點分數的。」「還沒考試前，沒人敢說他很有把握。」聽了他的話後，我有如吃了一顆定心丸，原來啊，還有大部份的人與我一樣沒把握的啦~~~

■ 4月28日／星期日／天氣sunny／反省

「青青翠竹，皆是法身。鬱鬱黃花，無非般若。」在這五彩繽紛、外物干擾的世界裏，人心易受誘惑，如何使心做到不散亂、不受外境影響呢？我想只要時時存養省察，應該可以做到自在逍遙吧！

「得意忘象」、「得象忘言」是要我們用語言接受觀念卻不受語言的束縛，它只是為了某種目的的一種工具而已。以手指月，我們所要的是月亮，並不是執著於表相的牽絆。我們要得到的是它的微言大義，語言背後的內涵。

好啦，你已得道了，可以安心了！

■ 4月30日／星期二／天氣sunny／反省

哇！糟糕，該不會是水痘第二期吧？上次發病前，全身熱騰騰，頭有點痛，恍恍惚惚，魂不守舍，而今天自下午起則有類似上次的症狀，拜託！不要嚇我啊，上次的折磨已使我的臉有「麻面麻花相對搓」的慘況。唉！以前的帥哥，不知日後能否再見？

下課後，行經文管長廊，被某圖書公司的銷售小姐拉去試聽文學產品，她誇我年輕不像大四生，反倒像大一生。之後她便仔細地解說西洋文學作品，如《項鍊》，《李爾王》，《威尼斯商人》……等。

尤其是《項鍊》的故事令我印象深刻。一位愛慕虛榮的女士向人租借項鍊，為的是襯托出她高貴雍容的氣質，不料項鍊卻弄丟了，結果以其一生賺錢來賠償，最後竟發現項鍊是假的。故事的啓示是真誠、踏實、平凡遠比誇耀、虛偽還自在快樂。

■ 5月2日／星期四／天氣晴／反省

唉！不知該如何是好！阿廷太讓我失望了，連續奪命台北狂call他，皆聯絡不上。所謂「時到時擔當，無米煮番薯湯」以及「船到橋頭自然直」，關於明日住宿問題，明日再想辦法好了。

■ 5月29日／星期三／天氣多雲／反省

想到即將踏上當兵的艱苦旅程，我就非常不甘願。不是說當兵不好，而是我的使命感尚未完成，不是說我熱愛功名，而是我所訂的目標一定要努力去實踐。如今呢？理想即將落空！

一定要考上研究所的原因是要證明「皇天不負苦心人」、「一分耕耘，一分收穫」而已。雖然說不要以一時的眼光看一生的成敗，但它是我人生的轉捩點，我已累了，念書好苦喔。雖然可捲土重來，然而畢竟「哀莫大於心死」。

■ 6月1日／星期六／天氣晴／反省

很快地，我又回到陌生又算熟悉的學校，陌生是因為我可能會莫名其妙離開它而從軍報國去，熟悉是因為我相信會考上中山研究所，所以會再度與它培養更深厚的感情。

現在對我而言，最重要的不是金錢上的滿足，而是理想的實踐。

■6月4日／星期二／天氣晴／反省

這篇日記是我在6月5日清晨五點半所寫的，在這之前半小時，我哭了，哭腫了雙眼。

晚上考完了訓詁學及李商隱詩，我請阿義、小林和小遠一同去渡船頭吃麵，只是因為這場賭局賭輸了，恰巧阿慧和阿雪在場，順道請她們喝涼的。

下午五點與阿彥及小遠正要離舍去探看研究所放榜的情形，說時遲那時快，阿義便打來一通令人精神崩潰的電話，他說阿山、阿福和阿莉都上了，唯獨我落榜，聽了心臟差點奪胸而出，晴天霹靂！

期待已久的中山竟也落了榜，一切都是天意，我不怨天尤人，不會因此而墮落沉淪，日子總得要過。或許先去當兵是我人生的另一轉機。

晚上十一點多，除了阿彥外，我破例與他們出去散心，去一間酒吧，我縱情解放於歌唱中，幾乎快把喉嚨給唱啞了，反正與朋友相聚僅此一次，就好好把握吧！

■ 6月15日／星期六／天氣晴／反省

黃昏，我在西灣某處。

天邊晚霞變化隨時，海天根本不成一色，遠望夕陽西下之景點，猶如殘燭之光，片雲形色在餘暉映照下，不同角度呈現不同之光美，轉瞬千變，嘆為觀止。海面上點綴兩三艘扁舟，在海天難辨下，究竟是暮天之舟或是海上之舟？尤以雲隙中的那道似人窺伺般的光眼，隱隱約約，哇，這一切太美妙了！

聆聽演講

■ 文學博士導讀：

應該聽過這麼一句話：「台上三分鐘，台下十年功。」說明演講者花十年工夫準備演說內容，但聽者只須三分鐘就能萃取學問菁華，這對聽者而言，不是很有效率而值得的事嗎？

■ 12月13日／星期三／天氣warm／聆聽演講

中午被阿彥強迫去書法教室聽張學長的演講。誰知在文管長廊巧遇三位可愛的學妹，她們問我有沒有短篇小說的教科書，我連忙回答說：「我沒修過，何來課本？」一切是那麼自然，擦身而過後，她們回宿舍，我和阿彥去聽演講。

大失所望的是，學長未提及廣告方面的知識。但欣慰的是，他肯定中文系的前途。中文系所學可以撫慰心靈，解決人生問題。廣告與文學關係密切，廣告需要透過文字與顧客發生關係，所以如何運用文字打動人心則是中文系學生的重要任務。

「陶謝詩」課中，蔡師談了一些感性的話。「點名是老師對學生學習態度的一種參考指標」，他的表情嚴肅。每個人本來就應對自己的行為負責，蹺課只會減少對讀書的興趣，沒有人會為讀書而蹺課，而蹺課之因應該是睡啦，玩啦，或無聊啦等等。

■ 12月14日／星期四／天氣晴／聆聽演講

早上七點半被學弟小欣吵醒，我遞給他託我翻譯英文的答案稿，他看了似乎很滿意。

下午阿彥再次以脅迫利誘的手段強邀我至電算中心聆聽三堂有關電腦的演講。第一堂講動畫方面的知識，我大開眼界，目瞪口呆，大呼過癮。下堂課就不知不覺在睡夢中度過。直至第三堂才從夢中清醒，此時頭昏昏腦沉沉，在聽完智慧財產權的說明後，就等著拿抽獎獎品。

小林、阿彥和我等三人各獲得一件印有「合法軟體」字樣的襯衫。晚上穿上它之後，感到心滿意足。雖然今天的讀書計畫完全停擺，但仍吸收到別門知識，彌補中文領域的不足。

■ 2月9日／星期五／天氣cold／聆聽演講

值得嘉許者，乃吾今日不犯懶眠之病。余誠欣見日有所精進及改善，此得歸功於每夜之反躬自省也！假使吾之文言日進有功者，蓋拜讀勞思光之思想史所賜。每讀其文，驚嘆其文筆之神逸，辭藻之華贍，隱然有古人之風。清哥之筆力亦有彼之鬼斧，苟兼二者之功，則吾此生無所憾恨矣！

晚上七點到文化中心聆聽「詩詞與四大美人——王昭君」之講演。余最喜簡師之講授方式，其所談論者，大半為古代典故，以幽默詼諧之方法詮釋故事之旨趣。今夜談及呂布與貂嬋、石崇與綠珠、安石與神宗、昭君與元帝之趣事，皆使聽眾受益匪淺，收穫良多。

生命、財富和女人，三者孰重？蓋世人擇前者，而武帝欲選後者，其曰：「寧不知傾城與傾國，佳人難再得。」其可謂兒女情長、英雄氣短也。小林亦如此，不務正業而與秀秀廝混，欲實踐其理想，豈可得乎？其誠可為吾行事之借鏡！

■ 3月25日／星期一／天氣sunny／聆聽演講

晚上至演藝廳聽何春蕤精彩的演講。我問了一個辛辣的問題：「請問您對師生戀的看法如何？若學生是未成年少女呢？」何老師答曰：「我贊同，誰說師生戀是不可以的，他們有他們的自由，我們管那麼多幹嘛！」

她講了一個情慾的故事。文文小時候被大哥哥帶入房間，大哥哥溫柔脫了她衣服並撫摸著她，正當此時，鄰居路過瞧見，便告訴其母。母親氣沖沖跑至房間揪出女兒，責備說：「妳怎麼可以被人帶入房間呢！」接著檢查身體有無受傷。這就是所謂的處女情結。社會與文化灌輸女人要壓抑情感，不過問性問題的觀念。她強調兩個重點，第一，女人一生中碰到很多性經驗，第二，文化對女人性經驗不支持。

小林聽著聽著竟呼呼大睡了，我在其旁笑得不亦樂乎！

■ 3月29日／星期五／天氣sunny／聆聽演講

剛聽完昭旭的演講，內心頗有失落感。講題是生活美學，我與阿量一同去聽的。中途阿量就聽不下去，就先離開去吃個東西。本來他就對曾教授有些成見，不太滿意他的學問和講演內容。

他說：「大學時代的曾某某只會唬爛，花言巧語，學妹對他都好崇拜，異口同聲說：『學長好棒喔！！』」感覺上阿量好像在講我一樣，但我現在學問似乎不及老曾的百分之一，他看起來好年輕，只是頭髮白蒼蒼的。他剖析中西方美學的差異性在於中國是天人合一，我與情境是相互融合……

■ 3月30日／星期六／天氣hot／聆聽演講

真希望有天能像簡老師一樣，那樣的自然，那樣的幽默，那樣的浪漫。今天他在講台上談的是：「問世間情是何物？」簡師仍以一貫的演說方式來進行。演說前，每人先發些詩詞的講義，演說時，他會先讓觀眾猜典故的人物或情節為何，然後談一些風馬牛不相及的話題。

他談及李商隱的「當時歡笑掌中消」，某人的「曾經滄海難為水，除卻巫山不是雲」和晏幾道的「落花人獨立，微雨燕雙飛」。更大談浪漫的詩事，如東坡送裝滿雲的箱子給他的妻子，「來時衣上雲」，整件衣服都是雲，你看這不是很浪漫嗎？

又說一朵梅花飄啊飄，飄到躺在樹旁的美人。當談到前妻的感傷時，則引東坡的「千里孤墳，無處話淒涼」……

■ 4月27日／星期六／天氣晴／聆聽演講

晚上與小盛相約去聽簡師的演講，講題是「詩詞與四大美人——西施」。簡師在講義上引用了許多著名詩人的作品，如宋吳文英，唐李白和陸龜蒙。解釋「龜」字時，則講述莊子的故事。聊西施之美時，則穿插了春秋戰國之吳越兩國的故事。

演講中，小盛竟在旁打瞌睡，他還滿有趣的，在睡之前，先向我強調沒睡午覺。不久後，他也就……

■ 5月24日／星期五／天氣晴／聆聽演講

清晨五時阿量呼我起床打網球，還好昨夜未答應阿義爬山，否則他倆可會為了我而爭風吃醋哩！

真拗不過阿量一再地騷眠，於是陪他打打網球。我們的技術都已退步了，而我更是退步神速，打球時，總輸在發球，常發出界外，看來球技還須多磨練才行。

下午上閩概課，阿清是馬來人，當她上台講閩語故事時，發音不大標準，不過聽完後，倒還不錯，勇氣可嘉。

晚上她帶我去聽教育訓練的課程，收穫匪淺。成功由自我認知開始，何謂銷售？它是指信心的傳遞。不要把焦點集中在錯誤的地方，每個人都有思想上的盲點，我們應如何突破盲點而不自我設限？自我的操練、方法與程序、觀念與態度、生活的導師，這四者是成功的秘訣。

書局閒讀

■文學博士導讀：

宋人歐陽修提過讀書寫作的地方有三個，所謂的「三上」：枕上、馬上和廁上。我認為有些不妥，枕上讀書會影響視力和健康，馬上讀書會分散專注力，隨時害怕摔馬受傷，吸收力不夠，廁上讀書則影響排便舒暢。我歸納大學時期的讀書地點主要也有三個：寢室、圖書館和書局。以下則為書局閒讀情形。

■12月17日／星期日／天氣sunny／書局閒讀

圖書館閉館後，迅速前往復文書局放鬆一下。先是瀏覽一本星座的雜誌，充實這方面的知識，接著看了兩本書：《打開成功的心門》、《一好三壞的人生路》。

書上說：時間管理當然重要，但確立核心價值更重要，否則時間管理都是白費的。所以我們應設立明確的目標及排定完成的先後次序。每個人都會走上多次的三好三壞的人生路，都面臨很多抉擇，有時危機即轉機，如何走完它須靠智慧。遇到困難不要逃避，應冷靜面對並分析其因之來龍去脈，最後以從容的態度解決它。

■ 1月17日／星期三／天氣晴／書局閒讀

期末考終於結束了，雖然開始放寒假，但我卻一刻也不得閒，對他人而言，緊張時刻已過去了，但我正面對另一項挑戰——研究所考試，所以絲毫不能存有任何懈怠之心。

晚上至復文，瘋狂採購了六本古書，本應是一千三百多元，打了五折後，花了將近七百元，這正是我大量買書之因。聽聞學長光是買書錢就累積花了好幾百萬元，我自嘆不如，買書都輸人，更何況是真材實料的學識呢～～

雖然有時在書局看免費的書是種樂趣，但記憶總會隨時間而消逝，還不如買些回家擺在書架，時時複習，以便學問深植腦海。書能保存，以後可供後代閱讀。若有能力的話，我也要寫幾本好書，流芳萬世。

■ 1月31日／星期三／天氣晴／書局閒讀

寒假期間復文營業到六點，所以日後我可利用將近一個小時到書局看些雜書以充實自己淺薄的知識。

昨夜阿嬪誇我是中文系的典型，使我在中文研究志向上更有信心，更加肯定自己。

■ 2月6日／星期二／天氣sunny／書局閒讀

明日是預官大考，今天較以往早寫日記。

花了一整天工夫泡在復文，隨興翻讀明日大考的內容，雖然一口氣唸完「中現」，但內容多又雜，我只能囫圇吞棗地裝進小小的腦袋中，是否融會貫通，尚待明日考場的表現了。

讀累了就翻翻星座方面的書籍。原來天蠍座總是秘密行事，巨蟹座喜多管閒事，好聽他人秘密，處女座認真又完美，雙子座是廣播電台……等等。有時隨時接收的知識才能記得長久。

我希望大家能多讀書，少享樂，因為「腹有詩書氣自華」。它可變化人的氣質，化暴戾為祥和。故近日以來，我買了好多書，也看得差不多。

■ 2月7日／星期三／天氣cold／書局閒讀

早上六時多，駕著愛車前往國際商工應考。途中冷風颼颼，邊騎邊抖。我與同學阿量和阿凱相約在四樓考場相見，有種「唯恐危樓層閣，高處不勝寒」之感。

第一節考「智力測驗」，由於答題時間不足，故最後時間則以胡猜了之。此科錯答不予倒扣，故一憑膽識而無所畏懼，猜完而心安理得。而其他數科則猜得千辛萬苦，提心吊膽，以恐懼之心面對考試，不知是福是禍？

考試既終，我與阿量前往中正技擊館參觀書展，買了十一本書，不到一千元。收銀妹妹長得清秀標緻，或許是看我和藹可愛，因一時嬌羞不知所措，故便宜算給我了。購書種類，或古典，如《紅樓夢》，或勵志，或星座，或相術等皆令我眉飛色舞，樂不可支！

真想不到，自己竟會善用時間買書、看書以充實不足，這樣日積月累的學習吸收，俟機緣一到，定能發揮平日所習。多看書、多學習總是無害的。

■ 4月3日／星期三／天氣陰冷／書局閒讀

苦惱啊，真苦惱，老受多年的鼻病所苦，折磨了我的精神、鬥志和智慧，我的活力與體力已失去泰半。

在復文書局隨興翻閱天下文化出版的書籍，猶記得一句發人深省的話：

「一個好的人生，不是拿到完美的牌，而是如何從壞牌中打出漂亮的牌來。」

我的演說

■文學博士導讀：

大學時期很難得的體驗是我上台演說。共有二次，一次是獨挑大梁，另一次是三人主講的座談會。我要告訴各位的是，有機會的話，多爭取上台表演，可訓練膽量、應變處理、口語表達以及思想組識等能力。

■12月19日／星期二／天氣sunny／我的演說

早上滿懷喜悅的心情到文院小劇場參加座談會，這可是我人生史上頭一遭演講喔～～～

雖然場面冷清，但我還是盡力地營造活潑熱絡的氣氛。我演講的內容主要就課業、愛情、社團和人生等四大主軸來談。有時為了發表高見，我會引用一些小故事加以生動說明，沒想到大家竟然聽得很開心，笑聲此起彼落，我因而感到相當欣慰。

演講過程中，我不時地把目光投注在小梨身上，瞧她笑得合不攏嘴，心想她是否越來越崇拜我呢？當我談到愛情的話題時，我建議大家買一台腳踏車，情侶共乘於中山美麗校園，平順路段兩人共甜蜜，爬坡時則兩人共患難，手牽手一同走完人生大道。

會後，某位學妹在課業上有問題請我幫她解決。我先安撫她的心，之後再指導她一些突破困境的方法。後來小芬也來詢問關於愛情對象的問題。

「我欣賞他的才華，但不喜歡他的外表！」她很堅定地說。我鄭重告訴她：

「妳最好弄清楚到底喜歡他什麼？」

5月27日／星期一／天氣多雲偶雨／我的演說

很早就起床準備我的演講，沒想到只有二十幾位學弟妹出席，其中包括室友小遠和同學阿量，他們倆並不是為了一睹我的風采而去，而是聽說有免費的便當才去的。

這次的地點安排在管理學院的會議室，室內有二排圓形桌，桌上各置一麥克風，方便參與者發表意見。我和阿芳、阿文並坐在會議桌主位，成為學弟妹目光的焦點。

一開始就很緊張，既然火燒屁股，則隨興侃侃而談，竟也談出大家的笑容與掌聲。和上次單獨一人演講的情況比較下，有得有失。得的是較輕鬆，勇氣增加，有學者氣勢，失的是內容不切合主題，毫無參考價值，大致上，我覺得滿意。滿意某一可愛學妹兩次都來聽我的演講，使我感到既興奮又爽快，腦海中一直浮現她天真的模樣。

遊子返鄉

■文學博士導讀：

外地求學的遊子有些為了理想，攜帶五車的書返鄉研讀；有些為了品嘗家中美食，週上三天課就趕回家；有些人際關係不佳，返鄉重溫大少爺（小姐）的好夢；有些……，那麼返鄉後到底何事才是有意義的呢？或許我的生活態度可供你做一些參考。

■12月2日／星期六／天朗氣清／遊子返鄉

今天是台灣人民的重要日子。

立委選舉的結果將可看出台灣民主發展的進度。結果是國民黨85席，民進黨54席，新黨21席以及無黨籍4席。若從數字多寡看，政黨輸贏，一目瞭然，但如從全局看，真正勝利者應回歸社會大衆。因為真正決定政黨勝負的是台灣人民。

現今的政治生態將由以往的一黨專政演變為二黨相對或三黨分立之局面。如此一來，政黨政治將順利推動民主政治而落實主權在民、還政於民的目標。

回台南選舉只是計畫之一，最大的目的還是與家人相聚，共享天倫之樂。下午投完票後，全家人到萬客隆逛逛，我買了一雙便宜實用的休閒鞋。淺藍色又可愛的小鞋穿在我腳上，就有種輕盈、飄然的感覺，當你近近地看看它、嗅嗅它時，更有一種愛情的喜悅，彷彿它是某人的化身！

驚訝的是，在萬客隆巧遇三年多不見的善化高中數學林老師。虧他還記得我的名字，他還記得我在課業上良好的表現，也鼓勵我念到博士，再當教授。這本來就是我最近程的目標，想不到他真了解我的心。

12月3日／星期日／天氣sunny／遊子返鄉

下午心血來潮，獨自驅車至南門商場買了一大堆衣服，共花了我二千八百元。

原先在挑選衣服時，想買二件外套，一件毛衣和一條長褲，可是算算價格，哇，將近三千元，怎麼辦呢？就在緊要關頭，妹妹出現了，借我八百元，總算滿足我的購衣慾望。其實付帳時應該想想：父母親賺錢不易，所謂「誰知盤中飧，粒粒皆辛苦。」正因有此愧疚感，所以更要好好努力以考取研究所！

「來電五十」節目中的某個女主角，雖然長得可愛，但很三八。依我看來，即使再美，也無法動我心，因為她只有魔力，卻沒有魅力！

「無家的小孩」日劇中的小女主角，充滿生命力，朝氣青春，含蘊著現代人所欠缺的意志力。假如一個人失去了意志力，就等於失去了靈魂。此時我反思自身，慶幸的是我的靈魂尚在，因為我的意志力仍相當堅定。

學弟小林告訴我說：「做最有生產力的事在每一分每一秒。」如何在每一天過得充實，首先必須做好時間管理，珍惜每分每秒。現在最重要還是充實自己，不管任何問題，只要別人一問，我一定能給他們圓滿的答覆。學弟小林、小遠和小民等三人見錢眼開，處處以利為考量。他們已中毒太深了，口口聲聲說賺錢助人，其實說說而已。

■12月22日／星期五／cold-warm／返鄉研讀

約每兩週我都會騎機車奔馳在高南省道上，往返中山和台南老家，現在我正在享樂著，家庭的和諧將是快樂的泉源。

早上讀中國思想史，讀至孔子的學說是以「仁、義、禮」為中心。其三者的關係是，仁為義的基礎，義為禮的本質。其實「仁」不難做到，只要你想要，它就在你掌握之中。子曰：「我欲仁，斯仁至矣。」應當反省自己是否做到仁的功夫呢？

子曰：「仁者，己立而立人，己達而達人。」我的理想是當個平凡的教師，所以負有傳道、授業、解惑之責。在立人和達人之前須先己立和己達才行。故現階段的任務是先要充實自己考上研究所，再將所學教育他人，使之有良好的人生安頓。

■1月26日／星期五／天氣日夜溫差大／返鄉

我已練就一身「神龍見首不見尾」的功夫，高深莫測，捉摸不定。前兩天才回台南，今日又在高雄出沒。

昨夜與弟妹談論星座，直到凌晨二點。吾謂其曰：「我累欲眠，卿可去！」足見吾之真率。故今朝起於十一時許，雖心中不免悵恨，然通體暢舒。反正閒來無事，唯有酣睡，才是人生一大享受，其中之樂，無以言喻。

■ 2月14日／星期三／天氣晴／返鄉

今日是空寂幽恨的情人節。說空寂是因無法與未知的她分享所謂浪漫溫柔的節日，說到幽恨則是心中已有心上人卻遲遲不肯行動，而苦於魂牽夢縈著她。不過，我為了彌補這個缺憾，逕自飛奔還家以享受天倫之樂。

返家前，先至圖書館看書。不經意地偶遇小休，他在寒假期間學習速讀以便及早閱畢《四庫全書》。他認同「為學如金字塔，先博而後精」。為學若一鑽牛角尖者，則掘之越深而遭上士之埋也。妙哉其喻！後邀其入吾室供其欣賞近日所購之佳書，俟其逐一細閱後，便稱善吾買書之眼光，稍談片刻而其已火速購書去矣！

返家後，將所買之書依類擺至愛櫃上。贈父母各一佛珠者，不唯表吾之孝心，且冀其日日平安也。

2月15日／星期四／天氣氣清／返鄉相親

早上十一時半，父親興高采烈來到房間叫我起床。推究其因，並非叫我起床使他高興，而是因今午他要當名副其實的紅娘。想不到剛回家不久，就有新鮮事等著我品嘗一番，其間當然不乏享受一頓大餐囉！

父親的朋友送來了訂婚喜餅，順便和爸爸閒聊了起來。禮盒看起來滿新穎別致，包裝也很醒目。男主角迫不及待地帶著似喜似酷的神情來到我家，待一切準備就緒後，我們前往一家名為「鍾愛一生」的餐廳，等候女主角的出現。

待我們坐定餐桌後，則開始相親對談。參與人員可分三組，新郎候選人組，新娘候選人組以及紅娘組，各組三人，共九人。其中紅娘組是由我父母及我所組成，感覺上我像是電燈泡。用餐時，女主角顧不得形象，時有恐怖笑聲出現。引她「起肖」（大笑）的，竟是我爸（紅娘）那種呆拙的動作及無聊的笑話。

男女主角幾乎沒聊過話，反而多話吹牛的，都是我爸和她爸之間的對談。聊了聊，居然聊到我英語成績90分的事情。全場氣氛幾乎是長輩在營造，和諧歡笑，過程進行得很順利，如不出狀況，這段姻緣鐵定是成功的。

想不到爸爸也能重操舊業，當起媒人公來了，那我豈不是媒人兒囉！這齣相親劇實在有趣，我負責在旁「電電呷三碗公半」（靜靜地吃），而男女主角則在旁觀望，他們倆所期待的，還不是想早點打發我們。還好我們很識趣地先行離開餐廳，讓他們倆好好培養感情……。之後的他們倆會成功結婚嗎？？

原來相親就是那麼一回事啊！！

■ 2月17日／星期六／天氣稍冷／返鄉相親

除偉大的弟弟正不懼危險而在前線保衛台灣人民外，我們全家至阿雀姨住處大談闊論起來。我家從事女裝服飾批發事業，屬中盤商，而阿雀姨是我家的零售商。因客戶訂購一件女裝，而我家缺貨，所以去她家調轉那件女裝，孰知某種因緣促使大家一塊聊天，所談主題廣泛，像是相親啦，相命啦，星座啦，服飾買賣啦，火災啦……等等。

說到相親，上次「鍾愛一生」餐廳的聯誼終告失敗。我感慨的是，雖然男方非常有錢，卻彌補不了國中學歷的缺憾。難道門當戶對才是婚姻持久的保障嗎？就因為學歷因素而輕易拆散一樁姻緣嗎？我不禁懷疑婚姻的基礎是什麼？是名利？是富貴？是學歷？抑或真誠？

話至星座血型，雀姨之女是獅子座B型，屬暴躁、反覆無常的個性，竟也給我說中了。據她說，其女生來挺標緻，我還真想一睹為快，但不知是否有緣？

■ 2月20日／星期二／天氣cold／返鄉研讀

索性讀讀《厚黑學》之老子與諸教之關係。作者李宗吾極力推崇老子，於文中時時抬高老子在學術上的地位。先秦諸子學說皆出於老子，老子可說是學術之始祖。宇宙萬事萬物的運動規律就稱為道，而落實於人即稱為仁，為求合宜的行為，而使仁成為義，再將合宜之事制成法式，即為禮，如不守禮者而施之以刑。故先秦哲學發展史乃以道為源，後流於仁，流於義，義流而為禮……

越唸越煩則下樓吃個晚飯。餐後，心血來潮教妹妹英文及國文。除了國文她聽懂外，英文卻不知我所云。可能是求好心切，我先教以英文五大句型，但她有聽沒有懂……。是我教得太差嗎？太深嗎？她不易接受嗎？……

■ 2月21日／星期三／天氣冷／返鄉聖母廟拜拜

比起昨日，今日有一事進步了。那就是中午十二點起床，比昨午早了二個小時。我還真奇怪咧，連壞習慣都在比較，真是半斤八兩，五十步笑百步啊！晚起的原因是連續兩夜有收音機節目伴我入眠，平靜中有一份感動，震撼。

午後，全家前往鹿耳門聖母廟拜拜。今年輪到妹妹犯太歲，託她的福使我再度有機會向神明傾訴我的心願，祈求祂能保祐我今夏上榜研究所。一如往昔，改運者先跨過七星橋起端的小火爐，踏上七星橋而步行，再跨過末端的小火爐後，接受類似巫者的除惡運手勢，他一手在信衆胸前和背部飛舞比劃著，接著由另一巫者在衣服某處蓋上廟章，最後喝個聖水，整個改運程序即告完成。

每年聖母廟皆有來自台灣各地的香客來此參拜，走七星橋是一項消災解厄的重要活動。媽媽說：「拜拜總沒錯！」妹妹抽了一枝籤，籤紙說：「正月中旬有凶，但由於信神篤實，將能逢凶化吉。」妹妹對我說：「我同學躺在殯儀館。」本以為她在開玩笑，原來是真的，明天就是頭七了。聽到這，一陣鼻酸，淚水差點奪眶而出。前天才聽雀姨說：「現在天已反了，抓了很多年輕的生命！」聽了很多人生無常的事後，心中無限感觸，原來平安才是真正的幸福呢！

■ 2月22日／星期四／天氣cold／返鄉掃墓

寒假以來，就數今日最愉快，這是屬於一種溫馨的感覺。早上爸媽、嬸嬸和我等四人先到土城探望爺爺之墓，下午再到另一地掃奶奶之墳。高興的是，奶奶墳前的柏樹長得特別茂盛，可能是謝家將出位大人物了。

掃墓完後，我們就去姑姑家打牌，後來其他親友也到場聯絡感情。從午後二時苦戰到晚上十時，結果我小贏了400元，小蓮也贏了200元，我給成成200元，姑姑100元，小婷50元等人吃紅，算是為今年的運氣再添喜氣！所謂好的開始是成功的一半。打牌中，大家邊玩邊吵架，尤其是表弟小安玩到差點趕不上火車而逾假歸營！這可是當兵的大忌喔！

■ 2月23日／星期五／天氣cold／返鄉友人來訪

「我不知道它好在哪裏，但要講它的好，要講很久……」這本是我隨口說出的一句話，想不到阿梁欲拾我牙慧，以後有機會想適時引用此語，這令我受寵若驚！

阿梁是未來的國小老師，在我打工時認識的。他一整個下午都在我房間聊聊近來發生的事，我總覺得他是來學習、討教的，因為他總詢問一些知性的東西，像是我的專業知識及他未讀過的書之類的。他讚美我可與苦苓並駕，他說：「苦苓的幽默、反應及學問，你都有了，假以時日，必能有偉大的成就！」

他時時提醒我《心想事成》一書相當靈驗，只要在腦海中時常描繪一幅願望達成時的景象，不存一絲負面的想法，就可實現夢想。事到如今，只有照他的話做，才更有可能考上研究所。

我們還聊人生啦、愛情啦、政治啦……等話題，相當豐富。他說：「你滿有學者風範！具有內涵及難得的幽默感。」他所謂的幽默感即是說，當我說笑時，言者未笑，聽者先笑。他幾乎把我捧上天了，哇，好舒暢喔！

■ 2月24日／星期六／天氣冷／返鄉打牌

今夜弟弟休假歸來，我送他一串佛珠以保當兵期間事事順利。新春期間，他贏了一千多元，手氣起先不好，後來或許是感染我們家和樂氣氛的緣故，所以扭轉乾坤，反敗為勝。

對周遭事物具有一顆敏感的心且別具慧眼的人較容易悟出一些道理，並從中獲得樂趣。以打牌來說，我們可看出每人的神情及牌勢變化，從而了解到，越是沉穩者越容易贏錢，而那些一拿到壞牌就破口大罵、臉色大變者是注定輸錢的。越能超越賭局之勝負得失者，才是真正享受玩牌樂趣的人，而心情常隨牌數高低起伏的人，是容易陷入困境中而無法自拔。

■ 2月26日／星期一／天氣cold／返鄉拜天公

剛與爸媽拜完天公回來，渾身感覺非常舒暢。一路上與弟弟聊聊愛情的話題，他滿相信緣份這東西，他說雙魚座不要留戀以往的愛情，要去追求新的緣份。

利用一些時間讀讀林清玄的《平常心有情味》。讀到叢林清規的重要性，其中每個故事都透露人生的啟示。有個對話發人深省，某位婦女對兒子說：「等下再給你買冰吃會死嗎？我在拜拜。」兒子說：「買完冰再拜拜會死嗎？等下再拜，佛祖又跑不掉。但拜完佛後，賣冰就跑掉了！」它告訴我們佛在心中留，虔誠的心最重要。如何修行？喝茶的時候，專心喝茶，寫作的時候，專心寫作。

■ 3月6日／星期三／天氣sunny／返鄉申請獎學金

中午爸爸來電通知我再寄一份成績單回去，他將替我申請兩家保險公司的獎學金，共六千元。聽他的語氣似乎沒有問題，我也樂觀其成。晚上媽媽來電告知我把欲考的研究所地址抄下來，回家放在神明桌上，她要替我向神明求福，保祐我能金榜題名，我也希望如此。

■ 5月19日／星期日／天氣sunny／返鄉拜拜

除了妹妹外，全家人至麻豆代天府拜拜點燈。人潮較去年冷清，但我的敬神之意卻一絲未減。我們在廟旁買了大腸包香腸的小吃，相當可口美味，吃著吃著，老闆娘卻與爸媽談到景氣很差的現況，以往一天可賺一萬元以上，現在僅剩二千元而已，她哀嘆這年頭生意不好做。

聚餐

■文學博士導讀：

聚餐是聯絡人際情感最常見的方式。聚餐可能很沉悶，可能很呱噪，可能很瘋狂，可能很學術，不管如何，就性質上，種類不外是，同學聚餐、聯誼聚餐、師生聚餐、課程討論聚餐、網友聚餐等，求學的苦悶中，若有聚餐來點綴生活，亦是件快樂的事！

■1月5日／星期五／天氣sunny／聚餐

早上在行政大樓辦畢聯會員證。本來不太想辦的，但持證可參觀廣播電台，這未嘗不是件好事！

今晚五點半班上同學要在活動中心集合，一同前往柴山深處聚餐吃土雞，是張師（清哥）請客的，他是我們大四的導師，約有20人到場。

清哥看起來神清氣爽，烈酒下肚後，似乎變了個人，什麼阿貓阿狗的鳥事都被他報導出來，難得看老師唬得那麼開心，不拘小節，放蕩不羈，同學們也聽得不亦樂乎！瞧老師與阿魁划台灣拳時不凡而驚人的氣勢，頗具勇者的風範，英雄的本色。清哥真是多才多藝，我自忖是否能他一樣學問淵博，恐怕是天方夜譚！

他還給我們算命，「妳的命不好，可能會離婚！」老師深鎖兩眉地對阿晴說。阿晴當然很吃驚又緊張。「你是個聰明人，但不懂得察言觀色。」「妳呢～考試運不錯，但戀愛運不佳。」「……，哦，是這樣啊～」

課後的聚餐裏，同學們自然而盡情地展現另一面，嬉鬧間，我們都陶醉在這昏黃的柴山夜色中。

■ 1月11日／星期四／天氣cold／聚餐

打從十點洗完澡後就與阿彥、阿義、阿燕、阿甄、阿莉和阿芳等多位同學相聚於某餐廳。坐定後，突然有似曾相識的熟悉感，原來大一時就與學長來過了，猶記得他們是為了歡迎我成為新室友而請我吃一頓豐盛的料理。

沒多久，阿甄和阿義開始辯論起來了，針鋒相對，你來我往，互不相讓。似乎阿甄技高一籌，如機關槍連發子彈般，把阿義馴服得妥妥貼貼。

阿燕說我眼光太低，原來她誤會我喜歡學妹小玲，還說我約過她，結果失敗，聽了這話，我覺得莫名其妙！她可能認為小玲很沒氣質吧！

■ 1月18日／星期四／天氣cloudy／聚餐

心情痛快的是到張師家吃火鍋。食畢、張師、淑嬪、俊成與我等四人，相談甚洽。話題之多，或同性之戀，或女權高張，或察言觀色，獲益頗多。然有惑於心，尚待釐清。何張師獨吾之不相焉？同學欲求吾之情事於張師，其思之甚久，仍未解惑，僅謂余曰：「從商之材也。」余對曰：「吾志不僅於此。」

清哥認為女權之高張，乃指日可待。其謂吾等：「當其服役之時，偶遇一美男子，肌膚若冰雪，皮嫩面滑。常人莫不為之神魂顛倒，令人不禁觸其身！」談及同性之戀時，則大力駁斥。

師生間之宴飲，其樂無比！非置身其中，難以體會。

■4月24日／星期三／天氣晴／聚餐

看來我是越來越墮落了，迷失的心不知出遊至何方？剛回宿舍，阿義就興致勃勃宣佈要吃薑母鴨，我不知怎麼搞的，一口就答應洗完澡後立刻陪室友們一起出去吃喝……

我們到學校最近的一家店享用佳餚美味。他們一開始就隨便找個話題來消遣我，好奇怪喔~他們一致認為小燕對我有意思，尤其是阿義非常有把握提出他的看法：「從她的眼神、語氣，我可看出她是在喜歡你！」我還是不敢苟同，因為根本就不會有人看上我的，我對自己太沒信心了。

這一頓宵夜花了100元。其實又何必在意時間的浪費呢？試想有多久沒出去透氣？且已答應他們，又不好意思爽約。

登山

■文學博士導讀：

學校在山水縹渺間，沐浴其間是件幸福的事。有幸在兼具山水之美的中山大學就讀，我常利用課餘親近難得的山水，吸取有益身心的天然芬多精，這對讀書學習具有極大的療效。

■又某年／1月1日／星期一／天氣cold／登山

1月1日禮拜一，我什麼都想得第一。新的一年有新的期許，俗諺云：「好的開始即是成功的一半。」又云：「一年之計在於春。」所以在今年的第一天我做了特別的事，代表幸運之神將對我特別眷顧。

早上爬山兩個小時，中午在敦煌書局看書兩個小時，接著看了四個小時的電影。從早上十點到晚上八點，空手出門，卻滿載而歸，滿載知識，滿載青春，滿載希望，滿載喜悅。

帶著落寞的心情從壽山的此端攀登至彼端。心頭掛念的是小梨，為何她拋棄我一人孤單地徜徉在美麗的自然山水之中呢？散步於山梯時，我體會出「腳踏實地」的真諦。人是不可能一步登天，凡事慢慢來，按部就班地跨出自信的第一步。沉沉穩穩，妥妥當當，一步接著一步朝向目標前進。而漫步於塵路時，我也體認出「一步一腳印」的道理。腳印象徵努力的成果，每一個腳印都有不同的心情，有喜，有悲，有歡笑，有淚水，若能走完全程，這一切的付出都是值得的。山路中，我看著人來人往，或情侶，或家人，或同學，或怪猴，而我呢？是寂寞的。真想有個心愛的人在旁陪我聊天，哪怕是相對無言，也心滿意足。

下午一時至國際大戲院，計畫看《漫步在雲端》和《英雄本色》兩部影片。由於是三時才開始放映，我趁此空檔到敦煌書局挖掘挖掘寶物吧！大概瀏覽了羅家倫《新人生觀》、張潮《幽夢影》、林語堂《藝術人生》等三本書。《新人生觀》對失落的這一代確有引導啓發的作用。我細讀了書中〈樂觀與悲觀〉的篇章，寫得真正好，好在它的真誠、修辭、哲理、技巧以及張力。他反駁西洋哲學中的樂觀三派和悲觀三派的說法，透過一生中在日常生活的體會以及廣泛中外書籍的閱讀經驗，認為人的心境不受外物的影響。順境時，不放鬆；逆境時，不退縮。以超越的心情去看待人世的一切，如此則能得到快樂的人生。

另外，隨興翻翻《幽夢影》和《藝術人生》二書，令人有種說不出的感動，詩情畫意的文句，深得我心。如：「花不可無蝶，石不可無苔，山不可無泉，水不可無藻。」以及「分擔的痛苦是一半的痛苦，分擔的快樂是兩倍的快樂。」若朋友痛苦時，我們在旁安慰他，鼓勵他，而當我們快樂時，我們應分享快樂給朋友。

《漫步在雲端》是一部浪漫愛情片。男女主角在火車上邂逅，進而相知相愛。然而卻受到嚴苛而自以為是的父親百般阻撓，其父認為照著他的方式去做就是愛，其實這種愛會讓人喘不過氣，真正的愛是讓她選擇，讓她自由。而已有家室的男主角始終不願與女主角結婚，這顯示出他對婚姻的忠誠。但有一幕是當他回家後，目睹其妻偷人，巧的是，其妻向他提出離婚要求，於是即將恢復單身的他帶著欣喜的心情回去找女主角。女主角父親當然不認同他們的結合，遂與男主角大打出手，打鬥中不慎燒掉整座家族式的葡萄園，也燒掉他們的希望。不過，在男主角尋「根」究柢下，再度重建家園，這雲鄉的葡萄園再度恢復了昔日的繁榮景象。

《英雄本色》是一部爭取國家主權的愛國主義片子。華勒帶領蘇格蘭子民向英格蘭爭獨立，爭自由。就快要成功之際，由於貴族們的爭權奪利，致復國大業功虧一簣。華勒臨死也不屈服在英格蘭國王的權威之下，執法人員要他說出效忠國王的言語，或可免其死罪，結果華勒道出殖民統治的人民心聲：「我要自由。」

今年的第一天，無論是室外的登山健行，或是室內看書、看電影等活動，都有種吃海陸大餐的高貴享受，相當飽實！

1月14日／星期日／天氣晴／登山

早上八點阿義叫我起床，真不可思議！他突然邀我去散步，我由於剛睡醒所以糊里糊塗就隨他而去。

我們走山路由武嶺經翠亨再繞回來，散步中，聊了訓詁學的準備方向、校景的優美、未來的理想……等等話題。回寢室後，開始了玄學話題的論戰。阿義先引出一個問題：《心經》中的「舍利子」做何解釋？起先我認為是人名，後來他提出應是指萬事萬物的本質，經我思索後，由於他的解釋套入《心經》通篇的文句中，語義俱暢通，故我也贊成他的說法。

中午至餐廳，結果連剩菜都吃不到，失望之餘，回到寢室，正好阿義等人吃完麵，鍋裏還剩些好料的，阿義溫情地說：「我倆有心電感應，大家對你很好喔！」

晚上吃飯，小民要我再幫他翻譯十個英文句子，不是我無情放棄他，而是時機不對，我明後兩天的大考都很重要，更何況也不能強化他懶惰寫作業的習慣。我是個熱心幫助別人的人，不過也要是行有餘力，才能助人，一旦選擇助人，定當盡力完成。助人之前，亦須量力而為。

■ 3月17日／星期日／天氣晴／登山

早上獨自登山健行。鑑於每天辛苦窩在圖書館勤奮念書，認真上課，這些日子已壓得我喘不過氣來了，好不容易心血來潮，更為了健康著想，所以有此一行。

電視節目

■ 文學博士導讀：

看電視，試著將節目內容加以描述、演繹及評論出來也是一種自我訓練，聽說讀寫之中，你已在學習，請以耐心的態度面對它，你將有很大的收穫。

■ 2月10日／星期六／天氣寒／電視節目

今晚之電視節目《鬼話連篇》尤為可怖。聽聞其事後，心生莫名恐懼，深怕其事重演於吾身。邇後一週，吾將獨自一人寢於舍，怪事是否發生？吾冀平安和樂度過。

藝人陳雷談述一七孔流血之故事。其親身目睹此一景象，於今仍印象深刻，可想見當時必毛骨悚然而此一夢魘至今仍揮之不去。雖吾未見此怖象，然由其生動之所敘，吾已隨之而入其境矣。聞畢，不免駭人焉！

而節目所邀請的觀衆來賓之鬼事尤使靈異之況進入高潮也。其謂：「烘衣機無故而發聲於清晨三、四時，余見一人飄浮其上，年約三十多歲，其謂余曰：『吾陰隨汝已二年餘，趁汝之運衰，恰予我復仇之機。』當其語畢，而窗外雙手擊之且發怪聲。然後其鬼附余友之身，直立而起。雞鳴陣陣，因鬼怕日光，其曰：『今日暫且饒爾，改日定當再訪。』」翌日，求訪於道士解圍。原來其於國小畢旅時，曾罵一靈車之主，笑曰：「活該至死！」因而其魂魄隨之東西數年而欲報失言之仇！

吾獨自駕車前往文化中心購書於下午二時餘。余以五百七十六元購得七本書，其中有《朱自清全集》和《徐志摩全集》，欣喜萬分。數日之內，已狂購數十本佳書，假使今暑能高中研究所，必能於試後，盡心詳讀。

■ 2月19日／星期一／天氣冷／電視節目

今晚觀看了《圍爐夜話》的節目之後，內心充滿喜悅且受益無窮！小小道理自聖嚴法師之口說出就是不一樣。他說：「人的不快樂來自於不滿足，貪求太多，所以汲汲追求它。追求時痛苦，追到時深怕失去它亦是痛苦，故人的快樂是由於滿足。」

■ 3月8日／星期五／天氣sunny／電視節目

剛看完《賭馬大亨》這部連續劇，心中好生羨慕，羨慕男主角身旁有位漂亮可愛的女孩深愛著他。那女孩說：「我一刻沒看到他，就坐立難安，感到內心不平靜，好悶，好慌，好痛苦。」心想，若有那樣的痴情女孩愛我，那該有多好！

■ 3月10日／星期日／天氣cold／電視節目

《胭脂花紅》這齣戲探討的是，現代社會中的愛情和婚姻帶給了女人一些傷害和打擊。其中一幕是男主角寫信給女主角，有句話令人感動，信上說：「我將在某大廈頂樓等妳出現，如果妳抉擇缺席，我必黯然隱退。」瞧女主角臉上掛著幸福的笑容！

■3月24日／星期日／天氣sunny／電視節目

早上十時起床，整天幾乎都在家看電視，比較有意義的是觀賞《跨世紀的驕傲》節目。討論的是李登輝當選總統後的政治生態、兩岸關係及人民生活等方面的發展趨勢。

落選的其他三組候選人表現出令人敬佩的風度和胸襟，尤以陳先生的一番話更令人感動，他說：「我今後仍會以慈悲及關懷來回饋大眾，雖然選舉失敗，但拯救社會不只有政治這條路才可行。」他已超越得失成敗，以感恩的心來面對社會大眾，足為人民表率。

晚上七時從可愛的家出發，直至九時才到寢室。本想好好享受一個寧靜的夜晚，豈料小遠冒冒失失地出現了，並發表對選舉結果的看法。當李先生榮獲54%的民意支持度時，他便引用尼采的話說：「群衆是盲目的。」此語本身沒有錯，但他應用錯誤。當我支持李先生時，他又說：「國之將亡，必有妖孽！」「天作孽，猶可違，自作孽，不可活！」真不知是何居心啊！

■ 4月7日／星期日／天氣陰晴不定／電視節目

《胭脂花紅》給了我一些有關婚姻的啓示。劇中彩娟正考慮康文的求婚，於是她詢問母親的意見，而母親以啓發式的教育丟給她兩個問題：「妳為什麼要結婚？」「在婚姻裏，妳要的是什麼？」仔細思考這兩個問題後，她更確定要嫁給康文。瞧那康文的臉色，我想他們的婚姻狀況未來恐不大樂觀。

再看看旭川與之玲這一對，婚前他是多麼的浪漫，每天一封文情並茂的情書，約會則約在台北最高樓相見，然而一旦進入柴米油鹽的現實生活中，他的浪漫不再，關懷不在，情趣不再，取而代之的卻是冷淡，陌生，無聊，婚後與婚前判然兩途，婚姻對他們而言僅存契約形式而不具實質意義了。他不再對她訴說內心的世界，她為了維持婚姻關係，她對他的事一概不過問，此種貌合神離的婚姻會幸福嗎？

婚姻為何那麼可怕呢？這部戲裏，我看到的是康文的奸詐，旭川的好強，彩娟的單純，之玲的伶俐，淑萍的自私……，更看到的是他們的婚姻都不是美滿的。我覺得只要雙方互相尊重，體諒，了解，扶持，真誠，應該不致弄到水火不容的地步吧？！

電影觀賞

■文學博士導讀：

電影評論也是大學期間應該訓練的口說能力，透過電影去思考人生，觀照所學，兩者互為印證，體察讀書只是人生的其中之一的生活而已，並非全部。

■2月11日／星期日／天氣cold／電影觀賞

下午與小林共賞《阿波羅十三》、《一見鍾情，while you are sleeping》於大舞台戲院。由於午後未眠，放映前部時，我疲累不堪而入睡矣，然於後部細細品嘗，蓋其旨強調愛情之魔力甚大焉！

第一部描述美國在太空探險上之偉大成就及登陸月球之過程，尤以阿姆斯壯為世上第一人足踏月球，並發表登陸之言：「我的一小步是人類的一大步。」聽來震撼人心。第二部描述在鐵路局從事窗口小姐的露西，在鐵軌中解救魂縈夢牽、一見鍾情的彼德。雖保一命，卻久臥病榻之中。而其弟傑克鍾情於美麗溫柔的露西，兩人曖昧似拍拖一段時日，然礙於彼將成為大嫂，乃將愛意深藏心內。豈料露西卻愛上贈送她「佛羅倫斯」之禮物的傑克，兩人遂共結連理，踏上紅毯。最後以「世事難以預料」作結。

愛情中，第一眼印象固然重要，然未經互動相惜，又如何感受彼此間之愛意呢？故片中之女主角露西說明為何愛上傑克，她對傑克說：「我是在彼德睡覺中，而愛上你的。」可見相處的感覺更勝於第一眼印象。另外，送禮也是一種攻勢，所以付出才有收穫。

■ 5月15日／星期三／天氣晴／電影觀賞

晚上與小燕到左營某電影院看《野蠻遊戲》。這是一部科幻兼感人的電影，看完相當過癮！

劇中主角艾倫與其女友在偶然機會下玩「骰子走步」的遊戲。每玩一次就有一次驚奇的震撼，例如，家中會竄出很多的叢林動物，紙上的骰子每走幾步必會符合某些文字所營造的情境出現。擲骰子後，艾倫掉進未來，他在未來與二位小孩繼續玩此遊戲……

下午的「陶謝詩」課中，學妹問我一句詩，我輕易解答，竟能答對，即：「如影隨形，如聲斯響。」

■ 6月6日／星期四／天氣晴／電影觀賞

今天玩得很開心，白天看海、玩水，晚上賞影、吃滷味，不管在心靈或身體都獲得極大滿足和享受。

阿量、小林、阿義和我等四人至海水浴場後，我和阿義先填飽肚子，再至泳衣店泡茶聊天。親切的老闆似乎與我一見如故，阿義早與「丈母娘」熟識，我們四人談得相當愉快。

從店家瞇著眼睛遠望著陽光投射下的大海，如雨點般灑潑在一片黃沙上，金光閃爍，明滅在無垠的銀海上。吹拂海風，身子輕飄飄，心胸開闊，神情舒活。我們還一時興起玩起面對面潑水遊戲呢！

晚上去看《春風化雨》與《郵差》的電影。第一部描述一個懂得如何教導學生的老師一生的故事，他知道如何開啓學生的智慧，運用心理想像的方式引導學生更容易掌握音樂的內涵。但他對天生耳聾的兒子似乎就不大耐心，這可看出老師對愛的表達方式似乎是因人而異，這是否是人性的自然展現呢？對親人或是外人的表現態度是不同的……。第二部描述一位大詩人教郵差寫詩追女友的故事，最後是成功追到手了……

廣播節目

■文學博士導讀：

收聽廣播節目是我思索人生的方式之一，通常會在睡前或是苦悶讀書時，不可能有人打擾，這時你才能平靜地與自己討論人生課題。

■4月1日／星期一／天氣晴陰／廣播節目

從收音機上聽來一些有趣的、浪漫的事情。

聽眾來信說他與筆友初次見面後就陷入熱戀，只是不知怎麼搞的，常出車禍。主持人解釋說：「可能是你把心思放在女友身上，騎車不夠專心，主要是精神不夠集中吧！」我覺得他們倆滿難得、滿有緣的，初次見面就愛上對方，情投意合，我好羨慕喔！！！

■4月2日／星期二／天氣cloudy／廣播節目

好孤獨喔～小林下午回家後，今晚獨留我在寢室。子曰：「德不孤，必有鄰。」有書及音樂陪伴著我，所以我並不寂寞呀！

收聽廣播節目中，一面聽著醉人的音樂，一面聽著感人的故事，一位女孩來信說，她把初吻獻給國小男同學，但擔心男同學有很多女孩喜歡他，這使她缺乏安全感。唉！他們可真有緣哪～國小同學還會成為男女朋友。而我呢？就連國中同學都失聯了，更別說是國小同學……

■4月5日／星期五／天氣陰／廣播節目

準時於晚上十一時打電話給阿凱，詢問馬前卦的書錢是多少？他回答說是三百二十元。電話中，我們似乎像是陌生的朋友，不像以前那麼有話聊了，難道是他交了女朋友嗎？

從收音機的節目上聽來了一句印象深刻的話：「有心準備，無心面對。」聽著謝麗金唱著〈暗戀你〉的抒情歌曲，我有點感傷。我曾經暗戀過某某，但由於沒勇氣表白，以致錯過許多次姻緣。

從收音機上聽來了暗戀的故事。一位女孩暗戀同班男同學，當她寫信給他表達欣賞愛慕之意後，沒想到這位男同學早就暗戀她很久，於是兩人自然就成為一對戀人。

■ 5月26日／星期日／天氣晴／廣播節目

在省道上撞見好像是飆車族，就是一夥人同行於省道上就對了，有時我騎快些加入他們的行列，心想他們是不是要去聯誼啊？不然怎會每個騎士的後座都是空的呢？

回到高雄後，漢神百貨旁非常熱鬧，好像是在慶祝神明生日一般，有人發狂抬著神像，搖搖擺擺，有人扮成七爺八爺，晃來晃去，整條路上充滿著隆隆炮聲和香火瀰漫的景象。我的路幾乎被阻塞不通了，奇怪，今天是什麼好日子呢？突然一輛滿載燈泡的貨車從旁經過，頓時感到前途一片光明。有了神的庇祐，考上研究所應該沒問題吧，因為我也努力過啦！

昨夜失眠，收聽廣播《三五晨星》的節目，藉著call in聽眾群分享他們的內心故事，我了解了其他人的想法和困擾。他們都不贊同外遇，聽眾說，有位年輕小姐與長她二十歲的壯年人發生關係，但他的兒子卻喜歡上那個女孩。怎會父子倆同時愛上同個女孩呢？……

期盼許久的成績單終於到來，結果是失望了。

生病

■文學博士導讀：

一向以為是銅打的身體，但卻在研究所考試前幾天生了一場大病，頭痛發高燒，滿臉豆花，奇癢無比，病名稱之「水痘」。

■4月12日／星期五／天氣冷／生病

早上去看校醫，吃藥後，通體舒暢，恢復往日雄風。但是您是知道的，當藥性發作時就會想睡覺，於是在圖書館睡了不算短的時間。即使醒著，精神也是恍惚不定。

在校醫室等候時，無意間收聽到星座的運勢，處女座考運不太好，可能是讀書方法不好造成的。如果其言屬實，我應如何自處呢？如果不是，我又應如何？不管答案怎樣，我只管努力盡心就對了。

有時懷疑，考上代表有實力嗎？不上就沒實力嗎？沒實力能上嗎？……

■4月13日／星期六／天氣涼／生病

都已到這節骨眼了，我還在為身體的健康問題煩惱。昨晚，睡覺過程中感覺好冷好冷，持續被折磨到早上九點半才起床，起身後，仍覺得好累好累！好像發燒了！

■4月14日／星期日／天氣冷／生病

前幾天還沾沾自喜於捐血救人，其實所謂的強健體魄不過是個假象而已。今天終於發現，原來我身上起了一粒粒小皰疹就是傳說中一生只長一次的「水痘」。症狀是全身奇癢難耐，發燒，易感寒冷。本以為是受了什麼鬼魅纏身，體內才會有冷冷的感覺，現在這個疑問經由醫生的科學診斷而釐清了。

下午本來要去天公廟拜拜，但由於病情惡化，轉而前往醫院報到。我實在好痛苦，全身各部位癢兮兮，但又不能抓那些皰疹，抓破了，會細菌感染，不抓又難耐其癢，此種矛盾心情只有自己才能體會。

在病床上吊了一小時的點滴後，渾身相當痛苦。量了體溫才發現不妙，高達三十八點五度，護士趕緊給我打了退燒針。打完後，差點不支倒地。在病床上休養時，隱約感受到藥神與病魔纏鬥，但不知孰勝孰負？

■ 4月15日／星期一／天氣涼／生病

其實我滿幸福的，由於拜水痘之賜使我更加體會父母的愛。爸媽完全依照醫生的指示，親熬營養味美的漁湯給我補補身體，於是病情日益好轉。這幾天我必須在家好好養病，不能返校上課。

此刻我的臉上佈滿了一粒粒的小水痘，很癢很癢，難以形容的錐心之痛。人生似乎是悲觀而無奈，生不如死。經過這一場大病，我得到什麼呢？如果水痘有知覺而我又是針筒的話，我一定刺得它叫爹喊娘的，並希望它長壽些，因為它活得越久，它就被刺得越久，痛苦就越久。

這樣的想法就存有相當大的憎恨心，我何不換另一個角度思考呢？水痘裏的水是污濁的，它幫我排出體外，雖然有些痛苦，但苦若盡，而甘自來。我應懷著感恩心才是啊，不應恩將仇報。

下午爸媽帶我去天公廟拜拜，希望今年能考上研究所。膜拜神像時，我似乎感覺到文昌君正笑著接納我，這到底是幻想還是奢望呢？雖然我臉綴滿了晶瑩剔透的水珠，但我能提起勇氣，不畏外人的異樣眼光，正可看出我此行的虔誠。當然囉，天下沒有白吃的甜點，前提是我要努力用功才行，否則一切免談。

■ 4月16日／星期二／天氣cloudy／生病

有時在想是否自己罪孽深重，所以有這種結果產生。有時又把它當作是種考驗，希望變得更堅強，更慈悲，更懂得真心對待他人。

爸媽下午買椰子汁給我喝，他們所希望的是我能趕快好起來，如此才能把試考好。我一定要振作，好好專心讀書，不再讓父母為我擔心，唯一讓他們開心的做法就是考上研究所。那要如何達到這個目標呢？當然是念書囉，如何念書呢？那就是專心一致，不起雜念。

■ 4月17日／星期三／天氣sunny／生病

每觀照鏡子一次，便傷心一次。這次的病對我而言，是喜訊？是噩耗？真希望經由這次的修理改正後，我的臉部肌膚能更光滑，更有彈性。

■ 4月18日／星期四／天氣sunny／生病

看到臉上的「水珠」就想起綠珠。綠珠是晉代石崇的寵妾，驕奢的石崇因她而抄家敗亡，綠珠為他墜樓而身亡。綠珠和水珠有何關係呢？水珠長在我身上猶如我的一部份，而綠珠是石崇的最愛，亦是石崇心上的一部份，水珠在我的身上時日無多了，就像綠珠無法與石崇白首偕老一樣，水珠和綠珠的生命都是短暫。其實我不該把她們聯想在一起，感覺就好像在堆砌餖飣、無病呻吟罷了。

蚊子到底會不會長水痘呢？我最討厭蚊子了，牠們總喜歡吸吮動物的鮮血來養活自己，這種自私的行為令人不齒。有種的話，這幾天就再來吸我的吧，保證讓你長更多小水痘，痛苦地到處哀嚎！！！

這幾天我好像過著與世隔絕的生活，心中無所掛礙，逍遙自在，這是何等的精神快樂呀！想起考試就沉鬱頓挫，莫知奈何。整天坐在書桌前隨興看書，上不上已不重要了，享受真實的剎那，把握當下，自在體悟每一刻吧。

■ 4月19日／星期五／天氣陰／生病

呼~終於趕回學校了，在家休養一陣子後，明早就要抱「珠」上考場了。

今天是我家神明生日的大日子，爸媽一大早就把家神請至「四好廟」遊玩。返家後，媽媽訴說有關虎爺的故事。她說我們的神非常有靈感，祂被人抱錯後出去玩耍，會再回來。

下午二點開始萬安演習，其實我還滿緊張的，四周毫無車馬喧，靜悄悄地挺嚇人的，連一隻螞蟻的呼吸聲都能感受得到。

我聽說水痘應該是童年時期較常發病，但為何我到現在才出現呢？我看哪，把它當作青春痘比較划算，這就表示我正值青春期呀！

研究所考試

■文學博士導讀：

研究所考試是我邁向理想的階段性任務之一，假設要當教授，以現今的台灣高等教育的教學基本資格來看，博士學歷是必備的，所以研究所考試是大學階段中極為重要的考試，我當然得全力以赴。以下是考試時的情景。

■4月20日／星期六／天氣雨／研究所考試

早上五點多就起床了，那時正下著傾盆大雨。

本想邊騎車邊撐傘去應考，但由於雨勢很大，我便接受了小遠的建議且帶著阿彥的祝福，坐上一輛技術不怎麼好的計程車，提心吊膽地來到高師大。一進高師就遇到阿燕，差點以為她是來考試的，後經查證，原來是來陪考。

第一堂考國文。作文題目是「文學與經世」，另一部份是斷句、解釋及翻譯荀子的某篇文章。老實說，我寫得並不好，根本牛嘴不對馬尾，不知寫些什麼，有不及格的可能。第二堂考的是文學史，考題乍看之下，思緒零亂，但寫完之後，非常爽快，該申論的都申論到了。第一題是關於漢賦，第二題是唐傳奇小說，第三題是三蘇的文學成就，第四題是湯顯祖戲曲上的成就。

第三堂考的是思想史。寫得一塌糊塗，越考越沒信心，能唬的也唬得差不多了。考試真的激發我的潛能，平時文思枯竭，考時卻暢所欲言，只是不知蓋得是否正確？第一題是兩漢春秋學之異同，第二題是王弼與裴頠思想之異同，第三則是朱陸之異同，第四是王船山在哲學史上的地位。這些題目雖然不會，但總要會掰呀！瞎掰人人都會，只是巧妙各有不同。

阿甄、阿芳、阿菁、阿燕和阿魁都來陪考，考完後，阿山開車送我和阿莉、阿燕回宿舍，我也省下一筆車錢。

■ 4月21日／星期日／天氣雨／研究所考試

比昨天稍晚一些，我在六點起床。天氣雖然愁雲密佈，還好沒下雨，所以就騎車去考試了。

第一堂先考英文，應該還不錯吧。最後一堂則考文字學，此時的我，忐忑不安，因為六題都不大會寫。第一題考六書特徵，其他則是《爾雅》與《方言》之異同，段玉裁在古韻上的貢獻，解釋訓詁術語：「當作」、「之言」、「猶」，以及《說文》之缺失為何？。

■ 4月22日／星期一／天氣rainy／研究所考試

下了一整天的悲涼苦雨，心情也跟著沉悶起來。整天無精打采，提不起勁，就好像好幾天沒吃東西似的，連呼吸都成問題，更何況是走路呢。八點多就在浴室打瞌睡，刷個牙就得花上半小時……

■4月23日／星期二／天氣晴／研究所考試

時間過得真快，它總是在不知不覺中悄悄溜過。沒辦法，它有它的自由，我又能奈它何？

上訓詁學前，阿山對我說：「哇，高師大準研究生唷！」我聽了好高興。

■5月3日／星期五／天氣晴轉陰／研究所考試

首次搭機的快感，難以言喻。與阿玲和徐師同行，從高雄出發飛至台北。機上有兩位冰肌玉骨、美貌如仙的空姐替我服務，讓我受寵若驚，不知所措。其中一位身材高挑、短髮俏麗又清秀可人，是我心中的擇偶典型，不過這只是偶然的相見，對她們僅能止於欣賞而已。

飛行中，從機窗向外望，哇！哇！眼下盡是一片白絨絨的雲海，頗為壯觀，若能親取一瓢流雲送給心愛的她，那該有多好！可惜浮雲僅能遠觀而不可藝玩焉，藝玩則墜機！

至機場後，久未謀面的阿廷騎車來接我，他先載我到師大看考場，一路上，他抱怨台北的天空很商業，不喜居於此。他還建議我買個口罩較保險，以免受空氣污染。

晚餐阿廷帶我在輔大吃素食，他和阿量都有這個習慣。輔大宿舍滿狹小的，但浴室卻很大。夜晚清涼，我們閒逛輔大校園，步至圖書館時，感覺上外觀不大，館內的書很舊，與中山比起來，算小了些。值得一提的是，校園餐廳空間大，情調高，氣氛又好，尤其是消夜點心，樣樣齊全，足以「慰」飽來自各地的遊子。

聽他說，這裏的女生個個穿著「飛遜」、「騷騷的」，我看了倒不敢苟同。可能是期待越高，而失望也就越大吧？！

■ 5月4日／星期六／天氣陰／研究所考試

昨夜輾轉難眠，千翻萬翻，直到睡去。誰說輔大到師大須花很長時間？阿廷飆駛了三十分鐘即已抵達。第一堂考的是國文，兩題翻譯，一題作文。

作文是唐太宗曰：「……以人為鏡，可以知得失。」文言寫作已荒廢許久，如今提筆書寫，恐力不從心。國文及格應該沒問題。

第二堂考文學史。寫得有點糟糕，第一題是《詩經》和《楚辭》，保守預估可得15分。第二題是樂府詩，可得12分，第三題是志怪小說，可得15分，第四題是清古文運動，可得15分，總計可得57分。

第三堂考文字學。第一題是形符及聲符在形聲字中有何作用？預估得10分，第二題《說文》的價值，可得10分，第三題韻部，陰聲為何？可得5分，第四題古今字與同源字之差別？，可得5分。第五題「之言」與「猶得」，可得5分，第六題中古演變至現代音之現象？可得10分，總計可得45分。唉，真的有那麼低嗎？等看到成績單再說。

考後，阿廷載我至陽明山晃晃，通往文大校園的那條山路蜿蜒崎嶇，氣溫稍涼。我們在文大某棟樓的頂樓遠眺山景，很美，陽光透過稀鬆的白雲灑向有情的大地，山腰上有裙雲依偎，整個畫面波瀾壯闊！「江流天地外，山色有無中」、「相看兩不厭，唯有陽明山」正是眼前此景的最好註腳。

接著他帶我去逛士林夜市，吃排骨湯和肉燥飯，吃得很爽！唉，到底上不上？

■5月5日／星期日／天氣陰雨／研究所考試

呼！！呼～～終於考完了。唉，恐怕不太樂觀啊！

第一堂考英文，有選擇題，也有作文。有時文章讀懂卻答不出來，老實說，對自己所答的並無把握。作文寫得滿俏皮的，文中隱約透露希望老師成全。

第二堂考思想史。經過這科的打擊後，圓美的幻夢終於破滅，會的不考，考的不會，無奈啊！第一題是韓非子與老子思想的關係，第二題是王充的哲學思想，第三題是魏晉「言意之辨」，第四題是戴震的思想及價值。唉！怎麼會考這種題目呢？

中午請阿廷吃海霸王餐廳，共花了五百元。事先請他一頓以免放榜後讓他失望而無法享受我請客的美食。飯後，我們去逛花市，在陸橋下，有條很長的平坦道路，提供商販在此設攤。好處之一，就是我多認識一些花名，如火鶴、鳳仙花……等。

晚上六點半，阿廷載我到機場，踏上了從台北到高雄的歸途。

■ 5月11日／星期六／天氣晴／研究所考試

哎喲，終於考完了，雖然說好的開始是成功的一半，但今天的二科是好？是爛？文學史第一題考駢文之價值與地位，第二題考比較溫、韋及李煜詞風之異同，第三題考明代文學理論之沿革，第四題是戲文及雜劇的形成。而國文作文題目是君子，還有短文斷句並引申題旨。到底好不好？我不敢再預測。

■ 5月12日／星期日／天氣晴／研究所考試

終於把研究所考試考完了！！！

早上考英文，我提早交卷，為了爭取時間準備思想史。唉！第一題題目是，以天人觀念解釋儒道之異同，第二題是先秦諸子所談及的知識論為何？第三題是閱讀一段短文並說明題旨，第四題是般若學與玄學相似之處何在？

文字學考了六題，結果不大理想。第一題是字樣學，第二題是轉注與假借，第三題是語根和字根的區別，第四題是高本漢韻部擬測，第五題是中原音韻的聲調演變與廣韻和現代國語有何差異？

我好累喔～可能要去當兵了！

今天腦筋一片空白，寫不出什麼東西來，故就此擱筆。

打網球

■文學博士導讀：

在體育方面，高中已先把桌球練好，上大學仍持續找同學單挑，籃球也是休閒的運動之一，而打網球就是這時期最新學習的運動技能。

■5月28日／星期二／天氣多雲／打網球

「阿輝，起來了，起來嘛！」阿量像無邪童子般對我嬉笑，我難以抗拒他天真白痴的誘惑，於是莫名其妙地屈服，便陪他打網球。

網球技術雖然比上次還進步，可是欣賞著旁邊的叔叔阿姨們的精湛球技，姿勢優美，不知何時能到達那樣高超的境界！

上「易經概論」課時，江師在黑板上寫了二十道問題，每個問題我幾乎都不會，但經老師一番詳細解說後，才稍有概念。伏羲畫卦，文王作卦辭，周公作爻辭，孔子作十翼。《易經》以簡單的兩個陰陽符號來解說繁複的萬事萬象。

■5月31日／星期五／天氣晴／打網球

收到兵役召集令，真有些恐懼，不想太早當兵，我一定要念完研究所才肯當兵啊！

晚上返家後，父母遞來一張高師大的成績單，仔細考查後，心中不免有些疑惑，這些成績是我的嗎？本以為文學史會考得很高，結果才四十三分，五科總分三百二十二分，國文五十三分是最高的，真是不敢相信啊！怎會這樣呢？

早上阿量又來吵我起床打網球，技術已有所精進。吃完早餐後，我們到元亨寺偷得些許寧靜，我們聊了宗教、社會、價值觀、學業等等話題。他認為這個社會變了，施捨只是為了贖罪，當他在寺前觀景平台上俯視全高雄地區時，有感而發地說：「舉世皆從忙裡過，無人肯向死前修。」在這個充滿誘惑、競爭的社會裡，眾生迷失自己，本心越離越遠，於是累世惡業越造越深……

閒步美術館

■文學博士導讀：

散步絕對能孕育高深的思想，所以我很喜歡閒步，閒步在優美清新的地方，如校園、美術館、公園等。

■3月1日／星期五／天氣晴／閒步高師大校園

下午與阿量至立功補習班打探消息，雖然沒有獲得任何對考情有所助益之資料，但我買了兩份師大的簡章。在一番深思熟慮之後，我決定向師大下挑戰書。

之後，我們到高師大校園逛逛。此時的我，想像數年後的我，閒步於北師大校園，吹拂著微風，聆聽著鳥語，嗅聞著花香，歡喜地向學生聊著當年的風流、苦悶、愛情、理想……。未來之事是無法預料，誰又知明日的我是如何的呢？斂收想像的翅膀，與阿量駕車離去。

■ 6月13日／星期日／天氣晴／閒步美術館

下午與阿彥到美術館參觀，富麗堂皇、美輪美奐的建築，令人大開眼界，原來以前是名副其實的井底之蛙。

首先欣賞連做夢都沒夢過的「義大利版畫」，其次則是畢費的有名水彩畫，題材無所不包，內容多樣，尤以匀稱明亮的建築彩畫深得吾心。館內藝術品遊目後，我們在涼爽的黃昏時刻，漫遊於雕塑公園之中。在一大片平坦綠原上，林立著各式各樣的雕塑品，彷佛置身在世外桃源，突然間我變得很有藝術氣息起來，鑑賞能力似乎也提昇了。

我與阿彥享受溫和的夕陽且沉浸在這一片軟柔的草海中，似夢如畫，當日落西方時，我們則橫躺於大理石床上，仰望繁星，數著未來，談著美夢……

其他活動

■文學博士導讀：

學習過程中，還有一些活動是除了讀書之外很有意義的事，如參訪電台、文學獎決審、志工服務、家聚、展覽等，皆可豐富人生的內涵，故要好好把握才行！

■1月19日／星期二／天氣cold／參訪電台

下午坐校車參訪大衆廣播電台KISS 99.9。我對電台名稱很好奇，經詢問下，KISS是四個英文字字首的縮寫，即高雄、互動、感性、電台之意也。99.9是申請時的頻道名稱。

大我一屆的阿蘭學姊在這兒工作似乎不錯，她很殷勤地接待我們。她的同事也很熱心地為我們解說機器的操控及廣播原理。其實我對它並沒有太大興趣，只是想多知道一些東西而已。有時她們的解說會給我一些人生的啟示，譬如說，機器的操作原理很簡單，一開始會手忙腳亂，以後自能熟而生巧。這不就說明剛接觸新事物時難免陌生，在常練習之後，必有一番收穫。又譬如初讀《莊子》一書，我非常頭疼，且毫無概念，然而在常碰觸它後，一切疑問已然解決，其主要學說已掌握大半矣。

■ 2月28日／星期三／天氣cold／志工活動

收到古典詩學會寄來的關於元宵燈會活動信函，心中的感受時而爽快，時而悔恨。本以為過年前後，便可知道相關消息，然而卻選在我回高雄之時，信函才寄至家中。

我非得親自跑回家一趟，看看信中賣得是什麼藥，原來是要我負責維持交通秩序。這麼一來，我便無法提燈遊街了。若換另一角度想，其實擔任此項任務是需要膽識、智慧及臨場反應，如果我能以關懷心及平常心去接受這個挑戰，推演其理，日後我當老師時，便可輕易維持學生秩序，把課上好。

處於現今充滿物質享樂、精神貧脊的時代，人人勾心鬥角，爭名奪利，有的為求一己之利，什麼可怕的事都做得出來，這樣混亂的年代則須有心人士出來拯救，使社會秩序趨於和諧，這不就如同我維持混亂的交通而使之穩定的情況一樣嗎？有了此種偉大使命的認知之後，便也欣然接受此項任務，畢竟，我還能對社會貢獻棉薄之力。

今天的確很匆忙，下午二點由學校趕回台南，明早又要回校註冊，好像從事什麼大事業似的。

■ 3月3日／星期日／天氣晴／志工活動

終於在晚上十點多完成了引以為傲的志工任務。

將近黃昏五點抵文化中心至善廳。望眼所見，原來志工大都來自學生身份，以文藻學院居多，性別上是女多於男，陰盛陽衰。有時我還真不知要幫些什麼忙，當志工在發燈籠時，我看著大家遵守秩序而呆立閒置，才一盞茶的時間，猶如蝗蟲過境，搶奪燈籠，亂成一片。我苦立其旁，竟束手無策，好在某位老師上前主持正義。她的一句話至今仍迴盪耳際：「不要搶，大家各讓一步就發燈籠，好不好！」這是多麼令人信服的一句話啊！四兩的她竟輕易地撥開千斤的大衆，而她的當機立斷及道德勇氣值得我效法。

七點半遊行隊伍便浩浩蕩蕩橫行無阻於高雄各條街道上。多虧警察先生維持交通秩序，我們得以順暢無礙。途中，有位小妹妹叫我幫她調整燈籠內的蠟燭，忽然一陣搞怪的風讓整個燈籠燒了起來，我毫不猶豫地將它踏滅，但燈籠已面目全非了。就在此刻，一位志工伯伯鼓勵說：「破了才好，表示發了！」我的心中想的不是發財的發，而是考上研究所的運發了的發。

活動結束前還有個抽獎活動，這時我仰望著滿天夜星，欣賞著月圓的浪漫，「今夜高雄月，人月交相映」，中獎的歡呼聲此起彼落，我默禱著能中獎，我的彩券號碼是七九六五，結果中獎號碼是七九六六。唉，就差那麼一點。這件事倒給我一些啓示，其一，努力，再加把勁，成功已近；其二，好運留給下次的榜單，即研究所金榜題名。

想想今天來參加志工的目的：第一，提燈踩街活動有趣。第二，為今年考試祈福。第三，禮拜天偷閒一下。第四……。這次當志工的心得是，付出的本身就是一種快樂，正如老子所說：「既以與人，己愈有。既以為人，己愈多。」

■ 4月10日／星期三／天氣冷／捐血

奇怪，奇怪，真奇怪，小遠總愛開我玩笑，我的一舉一動，一顰一笑，總引起他的注意。室友們把我當成一種高層次的樂趣，每當枯燥無味、無聊難耐之時，唯一想做的事便是調侃我一番。反正如阿量所說：「讓人高興，也是功德一件哩！」

中午終於捐出我吝嗇不易得的清血，老實說，我滿興奮的，因為我的AB型的清血可救人一命，這是一種成就感。如果你心靈不豐富，如何給別人東西呢？我應該為我的有而快樂，為捨得而喜悅才是啊！

捐完之後，赫然發現自己的身體是強健的，聽人說捐完之後會有頭暈目眩的症狀，但我卻如平常一樣，似乎不關什麼痛癢似的。以前總以為弱不禁風，由於今天的捐血證明，原來啊，我是個健康寶寶耶！

對了，捐血的目的之一，也是為了行善而祈天保祐考試順利。其實我不信這個的，如果上天因此獻血之行而保祐我，豈不對沒捐血的人不公平！！我看哪，靠自己比較實在。

■ 5月9日／星期四／天氣陰／文學活動

「思想史」課後，阿玲問我為何把標準定得如此高？唉！我面帶無奈的表情回答說：「如果此次研究所考試落榜，我將去當兵，在追求學問上便斷層二年，而我的生涯規劃是先念到博士再去當兵，這樣才能一氣呵成，學習也較有連貫性及紮實。」也許這是男人悲哀吧！若真的失算了，就必須去當兵。

下午閒步至書法教室參與文學盛會。聆聽三位老師對古詩的講評後，使我在古詩的創作上有更深一層的體認。古詩的結構須前後呼應，句句要承轉自然，且深入生活情境中，避免詞句重出。尤其重要的是，創新及意境是好詩具備的元素。

■ 5月10日／星期五／天氣陰／家聚活動

中午家聚只來了四人，是小泯辦事不力，抑或家員興致不高呢？不深究此問題。用餐時，平日嘮叨的我竟噤若寒蟬，他們反而比我呱噪，實匪夷所思，二男一女竟能如此……

小燕談機械系學弟苦追其妹之事，連小泰亦陷入情網，而小泯為加油站打工這一苦差事喊累。其三人異口同聲說明天要陪考，我婉拒他們了。小燕打趣地說：「明天考試時，學長可別邊寫邊把我們的無聊事也寫進考卷喔！」

早起於八點半，九點趕至圖書館赴阿君之約，她把考題還我後就到十樓火拚，而我則到熟悉親切的五樓看書。

下午阿凱突至我面前念書，談的都與明日考試有關。我問他先秦諸子思想相關的問題，他則深入淺出地講解一番。相反地，他問我文學史上的問題，但我卻答題不佳。接著他半開玩笑地說，明天兩人相鄰而坐，我瞄他的思想史，他睞我的文學史。晚餐後，我們至活動中心頂樓悵望西灣暮景。我們無所不聊，目的在放鬆自己。

5月13日／星期一／天氣晴／展覽活動

上「古文字學」課中，孔師問我們研究所考得如何？除了阿玲，我們異口同聲說非常爛。聽阿煌無奈地說：「文字學二十分恐怕會有問題！」聽了別人訴苦後，才知道自己的顧慮是多餘的。

早上九點至圖書館幫忙班上展覽的事情。忙裏忙外終於在十點多忙完了，會場佈置還滿素雅高尚。佈置中，劉師在旁觀賞，我就陪他聊聊天，當聊到思想史時，他談到六家七宗，這個佛教話題我很陌生。

5月20日／星期一／天氣cloudy／傳銷活動

雖然今天是國家的大日子：總統就職典禮，一個台灣人民值得驕傲的日子，證明民主政治已邁進另一嶄新的階段，但這不是今天生活的重點。

晚上瘋狂到一點多才回舍。本來很早就想回來了，但我不好意思先行離開，而且我是被載更無法離開。這是一個加入多層次傳銷的聚會，創業夥伴多以上下線稱呼。聚會的成員及個資是：義義是經濟所學生，加上其女友是中文系的茹茹，還有個年輕可愛的表姊，外觀上看不出已生過小孩。民民雖然聰明博聞，但卻話太多，而康康61年次，但看起來卻比58年次的表姊還成熟。

而我呢？即將被說服成為他們的會員。

■6月7日／星期五／天氣晴／謝師宴

早上六點半，阿量又來擾人清夢。他本來把鬧鐘調至五點半，但小林卻在五點時把它按掉後就上床睡覺去了，結果另一學弟的鬧鐘聲吵醒了阿量，就這樣促成了我與他打網球的無奈。

中午至麗景參加謝師宴。來了六位老師，簡、王、徐、戴、林、張等，班上來了約半數的同學。席間，王師建議我在當兵前好好鍛鍊身體，阿宏則祝我當兵愉快，阿玲希望我寫信給她，大家都聊得很快樂。

王師呼籲大家畢業後多回來找老師，利用校友會以互通訊息。他也鼓勵多多買張師的《應用文》來加強作文能力，並希望張師能打個折扣。戴師強調發揮才性及開發想像力是非常重要的，徐師鼓勵我們培養讀書的好習慣，林師則希望大家訓詁學都能過，張師則介紹他的書無所不在，幾乎人手一冊，有困難歡迎回來找他，簡師要我們對中文保持濃厚的興趣，不要管有沒有用……

■ 6月16日／星期日／天氣晴／喜宴活動

十一點阿量載我等四人前往阿嬸家參加喜宴，班上同學來了九個，我與量及蘭和林師等人在素桌用餐，劉師則與其他同學一桌。

席間，老師認為我當完兵後再打算人生方向也不錯，當我問及老師的愛情時，老師笑得露出本性，他和師母情投意合，青梅竹馬，師母住在隔壁村，兩人之間純純的愛，平淡如水。

■ 6月22日／星期六／天氣陰／畢業典禮

今天是我人生中的一個值得紀念的日子，終於熬了四年，感傷畢業了。我代表班上上台接受校長頒發畢業證書，很榮幸有此機緣見到連院長，握系主任、院長和校長的手。更高興的是，我昂首闊步在台上受著眾人目光的祝福及掌聲，其實背後卻是失望和空虛。

緊接著的人生轉捩點則是從軍報國，隨軍艦乘風破浪去了～～

暑假打工

■文學博士導讀：

大學四年中有很長的寒暑假，你會做些什麼活動？記得大二的暑假，我去銷售音樂錄音帶，提早體驗社會，而大三的我則去做工，在安平某家食品公司工作，賺些零用錢，薪水不多，但有別於上課的學費是支出，打工則是收入，兩者皆是學習。大學時期的打工生活，從人生的角度看，豐富了生命內涵，品嘗另一種有別讀書的美妙滋味。

■84年7月19日／星期三／天氣sunny／找工作不順

晚上小羅打了五十元電話給我，他想知道我遲遲不肯加入昌明保險經紀人公司（即所謂的傳銷公司）的原因何在？我回答說：「是金錢！」他卻說：「對你而言，金錢不是問題啊。」其實真正的答案是時間，時間過得太慢。如果時間過得快，我就會早點畢業，如此才能專心一致為事業努力。

暑假至今，我已找了很多工作，但都不如意。找幼師工作時，邂逅一對姊妹花，還一起吃飯。一位剛從師範學院畢業，一位則是政大英語系一年級生，她們與我初次見面，竟能同桌用餐，推究其因，到底是她們太隨便了，抑是我的個人魅力太大，我想應是後者使然吧！

我從事過一天之短的佛像雕刻工作，由於父母極力反對，加以兩個月之短的暑期根本無法習得雕刻皮毛，於是打消念頭。又從事過半天之短的沙龍美髮工作，由於老闆希望我能專心一意投入美髮業，加上這兩個月的暑期也無法學到任何技巧，遂又放棄此念。

我一直認為暑期沒有找份可以學習經驗的工作，無異是浪費時間，但是經過這幾天的尋覓，感到天不從人願者十之八九。即使工作沒找到亦無妨，我希望能持之以恆地把日記寫完，如此則心滿意足，別無他求。日記讓筆來思考，讓人反省，又反映出生活甘苦，訓練人的記憶。不管寫日記或讀日記，它都是一種享受！

■ 7月21日／星期五／天氣晴／找工作

下午四點多，我去應徵石頭火鍋之工讀生，誰知又沒錄取，主因是他們不錄用短期的工讀生。其實暑假找工作，說容易也容易，說困難也困難。找推銷的工作較容易，找服務生之類的較困難。他們執意聘請長期工作的服務生。

我不過想在我從事老師的理想工作之前，多方嘗試別的工作，誰知心願恐難達成。我看暑假肯定是既無聊又無趣的生活了。

■ 7月22日／星期六／天氣rainy／學弟來訪

中午小羅和小林登門造訪，因正値用餐時間，不便下逐客令，於是暢談了數十分鐘。他們執意要我加入昌明公司，又逼我說出不加入之因，我只好回答：「只有進度表，尚無時間表。」他們異口同聲唱和：「成功者找方法，失敗者找藉口。」我當時年紀小，無言以對，只以沉默相應。

■ 7月24日／星期一／天氣raining／工作不順

下午又去找工作，當然又是沒著落。但是約莫在六點時，日美企劃公司來電通知明天去上課，意思是我錄取了。但我又改變心意不去了。那位小姐又再度來電問我為什麼？在一場唇槍舌戰後，我才答應去聽看看，先清楚狀況再說。

找工作實在不好找，檢討其因，可能是每次都是下午去，當然只有「呷菜底」的份。這樣算不算浪費時間呢？索性將它當作是兜風或拜訪公司吧！這也算是一種樂趣吧！

■7月25日／星期二／天氣多雲／找工作

去某某公司接受職前訓練，收穫頗豐。任何學科皆有博士，唯獨社會歷練沒有。我深信年輕的本錢是學習，加入此行業可以學到很多東西。雖然以前做過推銷員（音樂唱片銷售），但是太久沒複習，難免有些生澀和力不從心。

現在又是我練習口才的最佳時機了，一個人具備越多才能越好，更重要的是謙虛下人。因為驕者必敗，空虛才能容物，才能有所用處，一間教室能讓學生上課正因為它的空虛。這份事業是介紹寶塔給投資者，結果受到父母極力反對。

■7月26日／星期三／天氣cloudy／找工作

本來要去日友企劃公司聆聽銷售技巧之運用，結果是I am in bad mood, so I give up. I think it's really a pity. 自我懂事以來，不知我錯失多少良機，今天正當我想學習新事物之時，半路卻殺出個程咬金——父母，破壞了我的雅興。

父母總是不知兒女的心裏想要什麼，內心有什麼感受。我只覺得我父母是成功的商人，卻是失敗的長輩。

妹妹連續兩天領薪，令我十分眼紅。始終認為她與我努力的方向不同，她努力工作，而我努力讀書，她獲得的是外在的金錢，我則是充實內在的涵養，我們兩者皆有其存在價值，不可忽視其中之一。

■ 8月3日／星期四／天氣sunny／找工作

我又去找工作了，這次是應徵包裝食品的工讀生，找了很久才找到，只是找到了地方卻找不到工作，因為老闆說已經徵到了，真是倒楣透頂了！

■ 8月10日／星期四／天氣陽光普照／永久公司的說明會

阿正來電邀我出去聊聊。聊天時，他總會提到打拚事業，較少談及個人之事。為了不使他失望，我決定晚上七點陪他去聽公司opp。我對他說明了我未來的人生規畫，也就是，當個英文老師，偶爾代課中文老師，晚上到補習班兼差教英文，做服飾店分店老闆，順便再兼差永久或昌民傳銷公司。他卻說我是在安慰自己。

晚上聽了永久公司的說明會後，還滿有收穫。的確，加入永久公司可以賺錢、交朋友、學習、助人、得到健康（吃本公司產品）、獲得成就感、自由以及享受快樂等多項好處。然而，我只把它當作是管理學院的一門學科而已。

■ 8月12日／星期六／天氣晴朗／永久公司的說明會

下午又到永久公司聽了三小時的說明會。這次的聆聽對永久公司的產品有更深入的了解。公司中有一位是一貫道信徒的主講貴賓，起初她也是滿排斥的，但後來因經濟陷入困境，遂決然加入永久公司，現在一個月有十幾萬的收入。

的確，永久公司能讓年輕人有短期致富的機會，但是我一點也不心動，可能是有後盾吧！或是我有比這項事業更重要的使命要去做。賺錢的事，慢慢來。我的人生目標主要不是賺錢，它只是目標之一。

汽球飛上天空與顏色無關，主要是裏面有沒有氣。沒錯，球是需要氣才可稱為球，只是我心中這股氣現在是學業的助力而不是賺錢的利器。賺錢以後再說，我已有規畫賺錢的藍圖方針，只是尚未實踐，因為現階段意識中未有$出現。也不能說現在沒賺錢，以後就沒希望；更不能說現在賺錢，以後就會享樂。能夠清楚人生目標才是可貴的，總比那些拚命賺錢、炫燿錢財的人更有意義。

■ 8月14日／星期一／天氣sunny／找食品包裝的工作

下午出去找工作，是食品包裝的工作，到了守衛室，守衛人員叫我先寫履歷表，之後回家等消息。

晚上六點阿正來電邀我去聽永久公司的說明會，我婉拒了他。我非常敬佩他不折不撓的事業精神，他專心投入永久，日後必有更大的成就，只是現在我對事業仍毫無概念。

■ 8月15日／星期二／天氣東邊日出西邊雨／錄取包裝員的工作

看完報紙，尚未吃早飯就去找工作了。結果總機小姐說臨時工需要二至三個月的工作天，但我只剩一個月的假期，所以不適合。

下午約二點時分，食品公司來電通知我錄取包裝員的工作，明天開始上班，時間是早上八點至下午五點。

■ 8月16日／星期三／天氣先晴後雨／灌香腸

真不可思議，早上七點就起床了，這可是鬧鐘和意志力的功勞喔！尚未八點就趕到安平區的某家食品公司報到。先是認識一位新朋友，他今年考上文化物理，和我一樣，工作到中秋節為止。其中還有一位工讀生是中央英語系學生，不知他是怎麼搞的，怎麼會來工廠工作呢？難道是為了尋找我這個知音嗎？

從早上八點至下午五點就一直待在工廠裏灌香腸，又累又無趣。每隔2小時休息10分鐘，中午十二點至一點是用餐時間。一整天折騰下來，我的腳都站麻了，背都站疫了。

剩下這將近一個月的上班時間是我磨練自己的重要契機，我深信「吃得苦中苦，方為人上人」。職業不分貴賤，端賴你如何看待它！

■8月17日／星期四／天氣sunny／與菲勞英語溝通

早上七點就被可愛的鬧鐘吵醒了。雖然很累，但還是要去工作。今天的工作與昨天不太一樣，比較多樣，有吊香腸、灌香腸、放香腸和剁肉絲，所以今天時間過得比較快，而且與同事聊天得很愉快。

同事中，除了在學工讀生外，還有外籍菲勞。由於菲勞不會中文，所以我們之間的溝通語言是用英語。正好我有修外文為輔系，終於可派上用場。菲勞他們薪水與我們工讀生一樣，他說：「Fair.」這是「公平」之義。但從他臉上表情感覺到似乎不大平衡，他們簽了兩年的契約，老闆不准他們回家。以上皆為菲勞以英語對我說的。

認識了幾個新朋友，有今年剛從南一中和曾文農工畢業生。那位曾文農工還有一位弟弟也來工讀，可說是兄弟檔相偕來打拚，遺憾的是，他們不是姊妹檔。

■ 8月18日／星期五／天氣sunny

早上七點又被鬧鐘打斷了美夢。這又是忙碌一天的開始，今天工作還滿興奮，因為我又和另一位菲勞練習英語，他教我一些菲律賓話。他隻身來台已一年了，三十一歲，有兩個女兒，妻女都在菲律賓。再過一年他就要返菲。驚訝的是，他有一個菲籍的女友，二十一歲。

從工廠的員工長相是很難分辨台灣人或是菲勞。有一位工讀生誤把台灣人認作菲勞，居然向台灣人說英語：「I will go out now.」結果那位台灣人員工回他說：「沒關係！」未免太離譜了吧！

下午三點多，我跟一位菲勞和台灣人，還有一位中央英語系的工讀生等四人在香腸機的運作中相談甚歡。還好菲勞還聽得懂我在說什麼，只是廠長在旁監視，話題因而斷斷續續。

■ 8月19日／星期六／天氣sunny

今天是週末，應該是工作半天才對，但我卻上整天班。

早上又被鬧鐘的聲音吵醒，每天固定七點起床。一成不變的工作內容，真是無聊又無趣。但是與外國佬聊天就比較有趣了。有時他說英語說得太快，加上有點菲律賓腔，以致我聽得很費力。縱然如此，這仍是一個練習英語的好機會。

有個菲勞買了一部二千五百元的中古機車，但行照上沒有登記名字，需要一個台灣人的名字，所以請我幫忙。我向他表示說，我要慎重考慮。他很誠意地請求：「再過一年就要回菲律賓，屆時再把那部機車給你。」我的內心掙扎著：「免費得到一部機車是不錯啦，但萬一這一年中他的車子出事了或是怎樣的，我是必須負責任的。再說，假如我答應的話，表面上我是做好國民外交，但可能損害我的形象，這倒是得不償失啊！」

■ 8月21日／星期一／天氣晴朗

一如往常早上七點起床。

今天有幸調到包裝部工作，那邊有很多長得不錯的女工讀生，只是沒機會和她們聊天。不知道她們會做到何時，如果不是大學生的話，大部份的工讀生都快要開學了，希望我明天還有機會從工廠調到包裝部。

今天學了三句菲律賓話：kumu star（你好嗎）、babudi（我很好）、bala（朋友）。

■ 8月22日／星期二／天氣sunny

早上七點起床，趕著去上班，差一點就遲到了。

有一位工讀生做到昨天，又有一位工讀生做到今天，不知道明天的工讀生會不會減少？

今天又學了三句菲律賓話：妳很漂亮（makan da ga）、謝謝（ba la ma th）、你很英俊（boki ga）。

我相信好好把握這幾天相處的時間，我會得到很多東西：零用錢、知識、體力、英語聽力，以及會話能力等。打工賺錢雖然苦了些，但滿值得的。

■ 8月23日／星期三／天氣同上

鬧鐘一響，人就跟著被嚇醒了。實在很想睡覺，但是想到絕不能被自己的懶惰打敗，於是提起精神去上班了。

工廠似乎冷清了許多。有兩位工讀生不幹了，另有一位今天沒來，又另一位上了兩節課就回家了，理由是身體不適。雖然冷清，我仍像前幾天一樣賣力，為的是不讓惰性作祟。和幾個外國佬聊天，感覺英文能力增進不少，也複習了幾個單字，以前是中文強，現在則要讓英語也變強。

■ 8月24日／星期四／天氣sunny

早上又是七點起床，真是煩！同樣動作，每天皆然，真令人覺得無趣。

到了工廠後，又是放香腸、灌豬腸的工作。其實「沒差」，這是磨練，我要好好幹他一活，幽菲勞一默。直到下午又調到包裝部去幹細活。我利用機會與一位女外勞溝通，說實在的，英語能力突飛猛進，令人興奮。

本來是五點下班，他們居然想留我加班，我還沒做心理準備，居然如此殘忍，我的臉色大變，於是他們在驚慌之餘，放我一馬。

■ 8月25日、星期五、天氣cool

一如往常，又是早上七點，鬧鐘不煩，我都嫌煩了。

今天新來了三位工讀生。其中一位是已做了二年的國小教師而今年又考上師院研究所的阿梁。他說現在的國小生比以往還早熟。他的興趣也是英語。明天他想給我一些研究所的相關資料，只有三張，只列了參考書目，他說看了一定沒問題。是這樣嗎？不過我還是感謝他。

■ 8月26日／星期六／天氣朝雲暮雨

不說也知道，又是七點醒來。今天是週末，仍要上整天班。

早上來了兩位新進工讀生，下午就不見蹤影。是薪資太低？或是工作太苦？不得而知。有位菲勞問一位員工說：「你有沒有大學？」這話真有趣，加上特殊語調，令人笑破肚皮。

■ 8月29日／星期二／天氣晴

早上鬧鐘又叫我起床了。

有時一天內說了三種語言，台語、國語和英語，但不講台灣國語。下午被廠長數落，叫我不要說太多話，要多做事。不知是哪個傢伙告狀，真是大嘴巴。聊天的又不只我，為何只說我，真是倒楣！

披臘肉時，與歐巴桑聊很多，可惜她沒生女兒。她有兩個兒子，一個已三十足歲，尚未娶妻。她說兒子太忠厚，看到女生會怕，要我們替他介紹幾個看看。有時外勞也想要我們替他們介紹台灣女孩。

■ 8月30日／星期三／天氣多雲至晴

早上下一點小雨，但無法阻擋我去工廠上班的決心。到工廠時，我已遲到了，上班卡上顯示八點零一分。

下午實在太累，打了好多次的瞌睡，那種魂不守舍的痛苦，正如我對？的心意是一樣的。披臘肉時，與外勞交談，他還誇說我的英語很好，我謙遜回他：「只會一點點而已。」

■ 8月31日／星期四／天氣nice

又是單調公式化的工作，既無聊且無趣。大部份的時間都在放香腸，每個工讀生專用一台機器，根本無暇聊天。只好追求無聊中的有聊，就是自言自語，自得其樂。

中午吃飯時，在包裝部的小慶拿了肉乾出來，讓大家分享美味。我最喜歡吃肉乾了，可是他才帶一點出來，讓我有種意猶未盡的感覺。下午三點是休息時間，我與小慶、小庭等工讀生出外買奶茶，結果我不注意掉了100元在地上，小庭眼明手快，見錢眼開，看到錢猶如餓貓猛盯腐鼠般專注，立刻把它撿起佔為己有。第一次見人窮至如此莫測之境界。算了，100元算是救濟他了，可能是今天他有偏財運，而我有破財災，恰好又瞎貓碰到死耗子，好一個公平正義的世界啊！

■ 9月1日／星期五／天氣晴朗

又是理箱子、灌腸子、放香腸的公式化工作，我仍甘之如飴。

中午小慶又帶肉乾出來與大家分享，好東西果然與好朋友分享，真好！聽阿梁抱怨老是從事那兩項工作，想換個口味的機會都沒有，小慶建議他不要專心工作，只要有人經過，就兩眼盯著他看，就會調到別單位去享福了。

■ 9月4日／星期一／天氣sunny

鬧鐘生氣地對我怒吼，叫我不要再睡懶覺了。

今天一整天都是同樣的工作——灌香腸，既無趣又乏味。休息後，廠長罵我和阿梁：「是休息10分鐘而不是15分，不要老是拖拖拉拉的。」阿梁非常痛恨廠長，他也認為廠長看他不順眼。

■ 9月5日／星期二／天氣無雲

早上鬧鐘餓得發出咕嚕咕嚕的聲響，試圖叫醒我。我快快地起床踢鬧鐘直到它求饒。今天是工作最後一天。

廠長今天又罵我了，叫我不要拖拖拉拉的。下午頻頻打瞌睡，時間過得有夠慢。心浮氣躁，很不耐煩，一直希望快下班。問很多人時間，只為了快下班休息。

9月9日／星期六／天氣不見月亮卻見雨

今天和阿梁一同去食品公司領薪水，我工作18天領了一萬零五白一十三元。本想公司會送我們一盒中秋禮品，結果希望落空。這我倒能體諒公司，他們今年可能生意比往年差。無論如何，阿梁領了薪水後要去好好整理門面一番，我則計畫買些書和書廚。

結束語——人生另一階段的開始

以上我敘述了大學時期的種種生活內容，如：在「以老師為志」中，說明欲成大器必先立志的重要，唯有先立志，才不會浪費大學美好光陰。立志後的重要使命則在閱讀，無論立定哪些不同的志向，由閱讀進而悅讀是種浪漫的生命態度。你能告訴我哪種行業不用閱讀呢？看《蘋果日報》或《自由時報》也是一種廣義的閱讀！在「圖書館研讀」、「寢室研讀」、「書局閒讀」、「讀書會」中，我則分享了閱讀群書的心得感想。為了往後找工作能順遂些，我們應該培養第二專長，具體的辦法就是選修輔系，這在「專心上課」、「輔系課程」中，也都談到了，我主修中文系128學分，選修外文系26

學分。在課堂外的吸收新知也是大學生涯所不可錯過的事，「向人請教」「聆聽演講」「學術研討會」等學習活動，我都盡量參與。

人際關係的拓展和經營能為單調的大學生活增添許多色彩和趣味，像是「畢旅討論」、「異性相處」、「室友之事」、「遊子返鄉」、「聚餐」等，這些就是多數大學生所嚮往的愉快生活，也就是傳說中「大學任你玩四年」的內涵。我的休閒活動應該不只「登山」、「電視節目」、「電影觀賞」、「廣播節目」、「打網球」、「閒步美術館」……，還有很多很多，只是那時沒寫下來。而「其他活動（參訪電台、捐血、志工、謝師宴、喜宴、畢業典禮……等）」中，雖短暫卻令人回味。

大學生涯中還有一條貫穿前後的主軸，那就是「反省」，它指的是你和你的對話，更簡單地說，即自己和自己的對話，自在地傾聽自己內在的聲音。「暑假打工」的工讀生經驗，應該是多數大學生都不會錯過的吧？從另一角度看，它也是一種人生學習的。

最近我有幾個教學上的新觀念，像是「字典取名學」、「TPTCR小論文寫作」、「活用古人智慧」、「姓名對聯」……等，已在台南、高雄兩地中的六所大專院校向大學生分享過了，接下來就要落實於書籍中，請各位讀者，快樂以待吧！

釀文學05　PG0524

文學博士「踹共」大學的生命體驗

作　　者　謝明輝
責任編輯　林千惠
圖文排版　姚宜婷
封面設計　王嵩賀

出版策劃　釀出版
製作發行　秀威資訊科技股份有限公司
114 台北市內湖區瑞光路76巷65號1樓
電話：+886-2-2796-3638　傳真：+886-2-2796-1377
服務信箱：service@showwe.com.tw
http://www.showwe.com.tw
郵政劃撥　19563868　戶名：秀威資訊科技股份有限公司
展售門市　國家書店【松江門市】
104 台北市中山區松江路209號1樓
電話：+886-2-2518-0207　傳真：+886-2-2518-0778
網路訂購　秀威網路書店：http://www.bodbooks.com.tw
國家網路書店：http://www.govbooks.com.tw
法律顧問　毛國樑　律師
總 經 銷　聯合發行股份有限公司
231新北市新店區寶橋路235巷6弄6號4F
電話：+886-2-2917-8022　傳真：+886-2-2915-6275

出版日期　2011年4月　BOD一版
定　　價　290元

國家圖書館出版品預行編目

文學博士「踹共」大學的生命體驗 / 謝明輝作. --
一版. -- 臺北市：釀出版, 2011.04
面； 公分. --（語言文學類；PG0524）
BOD版
ISBN 978-986-6095-02-3（平裝）

855 100003123

讀者回函卡

感謝您購買本書，為提升服務品質，請填妥以下資料，將讀者回函卡直接寄回或傳真本公司，收到您的寶貴意見後，我們會收藏記錄及檢討，謝謝！如您需要了解本公司最新出版書目、購書優惠或企劃活動，歡迎您上網查詢或下載相關資料：http:// www.showwe.com.tw

您購買的書名：______________________________

出生日期：________年________月________日

學歷：□高中 (含) 以下　□大專　□研究所 (含) 以上

職業：□製造業　□金融業　□資訊業　□軍警　□傳播業　□自由業
　　　□服務業　□公務員　□教職　□學生　□家管　□其它______

購書地點：□網路書店　□實體書店　□書展　□郵購　□贈閱　□其他

您從何得知本書的消息？

□網路書店　□實體書店　□網路搜尋　□電子報　□書訊　□雜誌
□傳播媒體　□親友推薦　□網站推薦　□部落格　□其他__________

您對本書的評價：（請填代號　1.非常滿意　2.滿意　3.尚可　4.再改進）

封面設計____　版面編排____　內容____　文／譯筆____　價格____

讀完書後您覺得：

□很有收穫　□有收穫　□收穫不多　□沒收穫

對我們的建議：______________________________

____

____

____

請貼
郵票

11466
台北市內湖區瑞光路 76 巷 65 號 1 樓

秀威資訊科技股份有限公司 收

BOD 數位出版事業部

....

（請沿線對折寄回，謝謝！）

姓　　名：＿＿＿＿＿＿＿＿＿＿　年齡：＿＿＿＿　性別：□女　□男

郵遞區號：□□□□□

地　　址：＿＿＿＿＿＿＿＿＿＿＿＿＿＿＿＿＿＿＿＿＿＿＿＿

聯絡電話：(日) ＿＿＿＿＿＿＿＿＿＿＿＿ (夜) ＿＿＿＿＿＿＿＿＿＿＿＿

E-mail：＿＿＿＿＿＿＿＿＿＿＿＿＿＿＿＿＿＿＿＿＿＿＿＿